LES DRAGONS DE PARAGON

L'ANGE DE PARAGON

USA TODAY BESTSELLING AUTHOR

GENEVIEVE JACK

L'Ange de Paragon : Les dragons de Paragon, tome 10

Titre original: The Angel of Paragon, The Treasure of Paragon Book 10
Copyright © 2023 Carpe Luna, Ltd.

Traduit de l'anglais par Laure Valentin

Couverture: Deranged Doctor Designs
ISBN numérique: 978-1-962757-41-6
ISBN papier: 978-1-962757-38-6

RÉSUMÉ DU LIVRE

Un ange a appelé. Un démon a répondu.

La princesse Charlotte est l'unique héritière du royaume de Paragon. Mais elle a eu beau contribuer à vaincre l'impératrice Eleanor il y a de cela vingt-cinq ans, ses parents continuent de la traiter comme une enfant – et son tempérament d'ange, solaire et lumineux, n'arrange rien. C'est comme si elle n'existait pas. Lorsque le roi et la reine s'absentent longuement de Paragon, Charlie décide de prouver ses talents de chef en organisant une fête inspirée d'une célèbre tradition terrienne.

Liam Morris, scientifique spécialisé dans l'environnement, n'est pas du genre à aimer les relations ni les festivités. Pour lui, une histoire de cœur n'est qu'une distraction, presque toujours vouée à l'échec. Alors si on ajoute une célébration par-dessus… très peu pour lui. Il préférerait mille fois passer ses journées sur un iceberg perdu en Arctique que de s'attabler avec sa famille.

Les choses se compliquent quand Charlie attrape Liam sur Terre et l'emmène à Paragon, dans l'espoir qu'il l'aide à régler les détails de son grand événement. Mais ce Liam grognon, barbu et réfractaire sera-t-il vraiment la réponse à ses prières… ou bien un problème trop difficile à supporter ?

CHAPITRE I

— Joyeux anniversaire, tante Avery ! lança Charlie en lui tendant fièrement le cadeau qu'elle avait fabriqué de ses mains, avant d'ajouter un baiser sur sa joue pour faire bonne mesure.

Elle avait passé des heures à concevoir cette paire de boucles d'oreilles en saphir : elle avait déniché les pierres parfaites, les avait montées sur du fil d'or, puis leur avait insufflé un sortilège qu'elle avait elle-même exécuté pour qu'elles brillent toujours de l'intérieur. Elle trouvait que c'était un présent digne d'une lady des Highlands. Charlie avait pris soin de choisir une pierre assortie aux couleurs du clan de sa tante et de Xavier.

Avery poussa un cri de surprise en ouvrant la boîte.

— Oh, Charlie, elles sont magnifiques !

Les joues de Charlie s'empourprèrent. Elle n'avait jamais été douée pour recevoir des compliments, mais à ses yeux, rien ne valait le bonheur de voir apparaître un sourire sur un visage aimé.

— Merci. Je les ai faites pendantes, comme ça, tes pouvoirs n'annuleront pas la magie qui les fait briller.

Le don inné d'Avery, en tant que sorcière, était de neutraliser la magie, même si cette faculté n'avait rien d'aussi impressionnant que son habileté avec son épée, surnommée La Tueuse. Lorsqu'elle l'avait en main, aucun dragon – pas même son compagnon Xavier – n'aurait osé la défier. Sa tante Avery était une vraie dure à cuire.

Ces dernières années, elle avait cependant un peu ralenti. Charlie avait remarqué qu'elle s'entraînait moins et dormait davantage lorsqu'elle venait leur rendre visite. Avec les mèches d'argent apparues dans ses cheveux, et les fines rides autour de ses yeux et de sa bouche, Charlie ne pouvait s'empêcher de voir qu'Avery était la seule, dans son univers, à vieillir. Peut-être était-ce pour cette raison que sa mère, Raven, et son père, Gabriel, avaient invité Xavier et Avery à ce dîner d'anniversaire particulier au palais Obsidienne. Les anniversaires comptaient pour tante Avery car, en tant que mortelle, elle n'en aurait qu'un nombre limité.

Et tante Avery avait cinquante ans aujourd'hui.

Un nœud se forma dans la gorge de Charlie à cette pensée. Elle avait lu que les humains pouvaient vivre jusqu'à cent ans, parfois davantage, mais elle détestait imaginer que sa tante ait une date de fin. Et que deviendrait Xavier après son départ ? Les dragons s'accouplaient pour la vie – pour leur vie à eux, pas celle de leur compagne. Jamais il n'aimerait une autre femme après Avery. Cette simple idée envoya une vague de chagrin à travers son cœur.

Charlie se força à sourire plus largement. La dernière chose dont sa tante avait besoin, c'était d'un rappel de ce futur sombre en ce jour qui devait être joyeux. Elle cacha sa boule dans la gorge en fixant le gâteau d'anniversaire encore posé dans son assiette – une délicieuse tradition terrienne dont, soudain, elle n'avait plus du tout envie.

Le temps était étrange. Techniquement, Charlie avait vingt-cinq ans en années humaines si elle prenait l'âge de sa tante pour référence, mais elle était adulte depuis plus d'une décennie déjà. Sa maturité accélérée venait de la magie céleste, fruit de l'union d'une sorcière et d'un dragon. Sur Terre, on appelait souvent les siens des anges ; dans les anciens textes grecs de la bibliothèque du palais, on parlait de gardiens. Aucun de ces termes ne lui convenait vraiment. Charlie préférait se définir avec simplicité : Charlie, princesse de Paragon. Contrairement à Avery, elle était immortelle. Elle avait cessé de vieillir des années auparavant, quand elle avait dépassé sa mère en taille et qu'elle fut presque aussi grande que son père.

— J'ai un autre cadeau pour toi, Avery, annonça Raven en échangeant un regard complice avec Gabriel.

La mère et le père de Charlie faisaient toujours ça, se parler sans prononcer un mot. Que n'aurait-elle pas donné pour lire leurs pensées certains jours.

Vêtu du kilt et de la chemise de lin propres à son royaume, et l'air grave, l'oncle Xavier posa une main sur l'épaule d'Avery, comme s'il savait ce qui allait arriver et qu'il en était à la fois impatient et nerveux. Charlie se demanda de quoi il s'agissait. Sa mère et son oncle Nathaniel s'étaient disputés récemment, et le nom d'Avery avait été mentionné, mais elle n'avait pas saisi le cœur de leur querelle.

— Ne me laisse pas languir, dit Avery en posant sa main sur celle de Xavier, regardant tour à tour sa sœur et lui, comme si elle avait autant de mal qu'eux à deviner de quoi il pouvait bien s'agir.

Sa mère frotta ses paumes l'une contre l'autre en de lents cercles, puis se leva de sa chaise pour arpenter la salle à manger. Charlie suivit chacun de ses gestes. Étrange. C'était comme ça que sa mère se comportait quand elle était nerveuse.

— Nous pensons avoir trouvé un moyen pour que tu prennes la dent de Xavier.

Le visage d'Avery se crispa, partagé entre la déception et l'agacement.

— Xavier et moi avons déjà tout essayé, Raven, grogna-t-elle. Il est temps pour nous tous d'accepter le fait que je ne serai pas là éternellement. C'est insensé de continuer. Cela ne fait que préparer chacun à de nouvelles désillusions.

La mère de Charlie était une sorcière puissante. Si elle croyait qu'il existait une solution, il y en avait sûrement une. Mais Charlie comprenait aussi la position de sa tante. Nourrir l'espoir de tous pour échouer encore et encore devait être terriblement éprouvant. Raven inspira profondément et expira par le nez.

— Je sais qu'on a l'impression d'avoir déjà tout tenté, mais j'ai travaillé avec les sorcières de Darnuith, avec l'aide de la reine Penelope. Je crois que nous avons trouvé un moyen. Et le meilleur dans tout ça, c'est que nous savons que cela fonctionnera parce que cela a déjà marché.

Le cœur de Charlie accéléra devant l'espoir que sa mère laissait entrevoir, mais sa tante Avery semblait bien moins enthousiaste.

— Darnuith ? Tu as parlé de ma mortalité à la reine Penelope ?

— Penelope va pratiquer le sort qui nous déliera toutes les trois encore une fois – Clarissa, toi et moi – comme Aborella l'a fait autrefois. Une fois que ton pouvoir sera parti, Xavier te donnera sa dent. Nous attendrons que le lien draconique prenne, puis nous nous relierons à nouveau et récupérerons notre magie.

Une dent de dragon pouvait rendre immortel un autre être, aussi longtemps que le dragon vivait. Ainsi, la compagne de Rowan, Nick ; celle de Nathaniel, Clarissa ; celle de Sylas, Dianthe ; celle de Colin, Leena : toutes avaient accédé à l'immortalité. Mais le pouvoir inné d'Avery neutralisait la magie de la dent de Xavier avant même qu'elle ait pu s'enraciner. Supprimer son don juste assez longtemps pour sceller le lien d'immortalité avec lui était une idée brillante.

Sauf que, à en juger par la façon dont Avery se redressa sur sa chaise, les épaules carrées comme si elle était prête à se battre, il était évident qu'elle ne partageait pas l'enthousiasme de Charlie.

— Absolument pas ! s'exclama Avery. Nous serons sans défense, toutes les trois.

— Seulement temporairement, répondit sa mère en se remettant à arpenter la pièce.

À ses côtés, son père s'était figé de manière troublante, et Charlie reconnut là le calme qui précède la tempête. Il s'agitait intérieurement, et elle devinait qu'il n'allait pas tarder à éclater.

— Vous serez à la merci de Darnuith, cracha Avery. Il suffirait que Penelope nous tue au moment où nous serons vulnérables pour s'emparer de Paragon.

Un rugissement profond monta de la gorge de son père. *Voilà, ça y est.* Charlie dut se retenir de se reculer dans son siège. Il avait toujours été un père tendre avec elle, mais ce grondement-là était une menace qu'elle sentit jusqu'au creux de ses os.

— Jusqu'à preuve du contraire, je suis toujours le roi de Paragon, et je n'ai aucune intention de céder ce royaume aussi facilement. Personne ne fera de mal à Raven, ni ne touchera à un seul cheveu de l'une d'entre vous trois, car Xavier, Nathaniel et moi serons là pour veiller à ce qu'il n'arrive rien. Trois dragons liés à leurs compagnes, voilà une force qu'aucun souverain sensé ne chercherait à provoquer.

Raven posa une main apaisante sur le bras de Gabriel et ajouta :

— Penelope a prouvé qu'elle était une alliée digne de confiance. Elle est l'une de mes plus proches amies, et en tant que reine, elle sait très bien que notre royaume lui serait redevable. Crois-moi, Avery, je n'aurais jamais poursuivi cette piste si je l'avais pensée dangereuse. Oui, il y a un risque, et non, ce ne sera pas facile, mais je crois que ça peut marcher. Elle défera le lien, nous perdrons nos pouvoirs, Xavier te donnera sa dent, puis les sorcières nous relieront de nouveau, comme cela a été fait autrefois. Nathaniel sera lui-même présent pour superviser chaque étape.

Xavier serra doucement les épaules de sa compagne.

— Tu dois essayer, *mo chridhe*. Ça me tuerait de te perdre, tu le sais ? Je ne l'accepterai pas. Pas sans me battre.

Un nœud revint dans la gorge de Charlie quand une larme traça un sillon sur la joue d'Avery. Tout était là, dans ses yeux orageux. Elle pouvait envoyer promener sa sœur, mais pour son compagnon, elle tenterait n'importe quoi.

— D'accord. Je le ferai, dit finalement sa tante en inspirant profondément, comme si sa guerrière intérieure se réveillait. Mais, pour être claire, je pense que personne ne devrait se faire trop d'illusions.

Elle lança un regard d'acier à Raven puis à Xavier.

— Il est possible qu'au moment où mes pouvoirs me reviendront, la dent soit à nouveau neutralisée et que nous nous retrouvions au point de départ. Il faut que nous soyons tous préparés à une issue décevante.

Derrière elle, la bouche de Xavier s'étira en un sourire.

— *Ach*, moi je préfère espérer le meilleur.

— C'est donc décidé, conclut Gabriel. Je demanderai à Marius de veiller sur le royaume pendant notre absence.

Jusque-là, Charlie s'était contentée d'observer et de prier pour qu'Avery accepte le plan de sa mère. Mais les mots de son père la ramenèrent brutalement dans le présent. Elle leva vers lui un sourire et s'éclaircit la gorge.

— Pas besoin de demander à Marius, dit-elle d'un ton joyeux. *Je* dirigerai le royaume en votre absence.

Sa mère s'interrompit, l'air soudain déconcertée.

— Oh, Charlie, Marius a une grande expérience grâce à son rôle d'ambassadeur. Je suis sûre qu'il ne verra aucun inconvénient à s'en charger.

Elle secoua la tête.

— Moi, ça ne me gêne pas. Marius est déjà très occupé avec ses propres missions et avec sa famille. Je suis princesse, et je n'ai aucune autre responsabilité. Je serais ravie de le faire.

— C'est vraiment gentil de ta part, Charlie, sincèrement, mais, euh…

Raven jeta un regard à Gabriel comme pour le supplier de l'appuyer.

Une douleur sourde commença à poindre dans la poitrine de Charlie tandis qu'elle comprenait peu à peu que sa mère ne la croyait pas capable de diriger le royaume en son absence, ou qu'elle ne lui faisait pas confiance pour assumer cette charge.

— Je suis une adulte à part entière. Plus âgée, en fait, que toi quand tu m'as eue…

— Mais tu n'as jamais fait quelque chose de cette ampleur,

rétorqua Raven d'une voix haletante. Et nous serons partis deux à trois semaines. Peut-être davantage.

— Davantage ? répéta Avery en jetant à sa sœur un regard perplexe.

— Nous devons laisser le temps à la dent de s'ancrer en toi, expliqua Raven. Penelope dit que si la magie a le temps de s'enraciner dans toutes tes cellules, alors, lorsque tes pouvoirs reviendront, ils ne la reconnaîtront pas comme quelque chose d'étranger. Le problème, c'est que nous ne savons pas exactement combien de temps cela prendra.

Avery ferma les yeux un instant, comme si l'idée était trop lourde à porter.

Charlie profita du silence qui suivit pour continuer à défendre sa cause. D'une voix douce, mais assurée, elle dit :

— Je comprends votre inquiétude, mais je participe à chaque aspect de la gestion de ce royaume à vos côtés depuis au moins cinq ans. Je connais son fonctionnement aussi bien que n'importe qui, et à part une réunion du Conseil des Anciens – que je pourrais présider les yeux fermés – il n'y a rien d'autre que la gestion courante du palais dans l'agenda royal en ce moment. Et puis, ce n'est pas comme si Marius n'était pas là si j'avais des questions. Et si, par un hasard incroyable, il n'était pas disponible, Alexander et Maiara sont toujours présents, tout comme Colin et Leena.

— Elle n'a pas tort, murmura Gabriel, arrachant à Raven un regard douloureux.

Avery et Xavier restèrent étrangement silencieux, sans doute pour éviter de se retrouver pris dans cette querelle familiale. Charlie n'avait pas voulu mettre qui que ce soit mal à l'aise – cela lui semblait tout simplement évident que cette tâche était la sienne et qu'elle en était parfaitement capable.

Sa mère joignit ses mains devant ses hanches.

— Écoute… Charlie… Tu as raison. Tu es prête. Mais pourquoi ne pas laisser Marius gérer cette fois-ci, et puis, quand ton père et moi reviendrons, nous pourrons peu à peu te confier plus de responsabilités, et créer des occasions pour que tu exerces tes talents de chef lors d'absences plus courtes et dans des conditions mieux encadrées ?

Un profond puits de déception s'ouvrit dans la poitrine de Charlie.

— Vous ne pensez pas que je peux y arriver.

— Ce n'est pas ce que ta mère dit, intervint son père. Nous voulons être justes envers toi. J'ai dirigé des gens pendant la majeure partie de mon existence, et jamais je n'imposerais une responsabilité de cette ampleur à quelqu'un de ton âge et de ton expérience avec si peu de temps pour s'y préparer.

Charlie entendit la note de conclusion dans la voix de son père et baissa les yeux, sachant que la décision était déjà prise. Même si cela la peinait, la dernière chose qu'elle voulait était d'être un fardeau pour ses parents dans ce moment déjà si difficile. S'ils s'inquiétaient pour le royaume, ils ne pourraient pas se concentrer sur le sort censé sauver sa tante. Elle n'avait voulu qu'aider, pas leur causer davantage de soucis.

— D'accord, souffla-t-elle.

Sa mère posa une main compatissante sur son épaule.

— Je demanderai à Marius de te laisser présider le Conseil des Anciens et de s'appuyer sur toi autant que nécessaire.

Le sourire de Charlie trembla quand elle répondit :

— D'accord. Je comprends.

— Alors c'est décidé, dit sa mère en se tournant vers sa sœur. Avery, Xavier, nous partirons dès demain matin.

Avery serra la main de Xavier, ses cils battant vite.

— Trois semaines, cela veut dire que nous manquerons Noël dans le *builgean*.

Xavier secoua la tête.

— Si ça marche, ce sera le plus beau cadeau que tu puisses offrir à notre clan. D'autres Noëls viendront, *curaidh*.

C'était drôle, songea Charlie. Elle avait participé à quelques Noëls avec sa mère et ses grands-parents humains lorsqu'elle était toute petite, mais cela remontait à plus de vingt ans. Quand il avait été jugé dangereux pour elle de quitter Paragon, leur famille avait abandonné la tradition, même lorsque ses grands-parents venaient leur rendre visite. Elle ne se souvenait plus très bien de cette fête terrestre, ni de la raison pour laquelle elle comptait tant pour les humains. À voir la réaction de sa tante et de son oncle, c'était une vraie perte de la manquer.

— Nous devons nous préparer, dit son père en se levant pour quitter la pièce.

Tout le monde fit de même, en murmurant déjà à propos de ce qu'il faudrait emporter pour leur voyage royal à Darnuith. Charlie resta à les regarder s'éloigner, les poings serrés. Au plus profond d'elle-même, elle savait qu'elle était née pour diriger, et elle se promit qu'un jour, elle le leur prouverait.

CHAPITRE 2

La bibliothèque du palais Obsidienne faisait partie des endroits préférés de Charlie. Quand le palais avait été rénové après la chute d'Eleanor, sa mère et son père en avaient doublé la taille, et on pouvait passer des heures à parcourir ses trois étages de rayonnages. Il n'y avait pas de bibliothécaire, mais grâce à un sort de localisation ingénieux, il suffisait de demander un ouvrage sur n'importe quel sujet et la bibliothèque vous le livrait – Charlie avait toujours pensé à la bibliothèque comme si c'était une femme, même si elle savait bien qu'elle n'était pas dotée d'une conscience.

Elle se posta devant la flamme éternelle au centre de la salle et écrivit « DIMENSION TERRE NOËL » sur un petit bout de papier. Elle le plia en deux, puis en quatre, et le jeta dans les flammes. Un grondement, comme un léger tremblement de terre, fit vibrer le sol sous ses pieds, et un livre apparut sur la table près du feu.

Aucun titre ne figurait ni sur la couverture ni sur le dos, qui semblaient être en or massif, décoré d'un motif de jardin, mais à l'intérieur, les pages de parchemin parlaient d'histoire et de folklore de la Terre. Charlie l'emporta vers l'une des grandes tables en bois situées au milieu de la bibliothèque et s'assit pour parcourir les pages à la recherche d'une entrée sur Noël. Ils avaient fêté l'anniversaire d'Avery avec un gâteau terrien. Peut-être pouvait-elle trouver une autre idée pour adoucir un peu la déception de manquer cette autre fête de la Terre.

— Noël… Noël…

— Ah, te voilà.

Marius entra dans la bibliothèque derrière elle, les yeux cernés comme s'il n'avait pas dormi depuis des jours. Le bébé posé sur son épaule, lui, n'avait pas ce souci. Olivia dormait profondément, ses traits minuscules et ses joues rondes parfaitement apaisés. Elle n'avait éclos que quelques cycles de lune plus tôt et semblait avoir un rythme de sommeil complètement inversé.

— Tu as l'air épuisé. C'est ce petit bout qui te tient en haleine ? demanda Charlie en se levant pour serrer doucement son oncle préféré dans ses bras, prenant soin de ne pas réveiller Olivia.

Marius grogna.

— La Montagne soit louée, les dragons n'ont pas besoin de beaucoup de sommeil. Parce que nous n'en avons pas beaucoup, ces temps-ci. Hier, j'ai surpris Harlow endormie debout. Juste devant l'évier, avec l'eau qui coulait, complètement partie.

Charlie fit la grimace.

— Je t'ai entendu marcher dans les couloirs avec elle devant ma chambre la nuit dernière. Enfin, je l'ai surtout entendue, *elle*. Une sacrée paire de poumons, cette petite créature.

— Désolé de t'avoir réveillée. J'essayais de l'emmener assez loin de nos appartements pour qu'elle n'éveille pas Harlow ni les autres petits. Mais ces couloirs d'obsidienne portent le son comme pas possible.

— Ce n'est rien, répondit Charlie avec un sourire de solidarité. Si tu veux me la confier une nuit pour que vous puissiez enfin dormir, je serai ravie de m'en occuper.

— Par la Montagne, c'est généreux de ta part. Harlow m'a dit de l'emmener pour tenter de la réveiller, qu'elle dormirait mieux ce soir, mais tu vois bien le résultat. La Montagne pourrait entrer en éruption que celle-ci continuerait à dormir tranquillement en pleine journée.

Elle lui tapota l'épaule avec un sourire malicieux.

— Tu fais un excellent travail, Marius… Un excellent travail pour me convaincre de ne jamais avoir d'enfants.

Ils éclatèrent de rire tous les deux, même si, au fond de sa poitrine, Charlie sentait remonter une grande tristesse. Les enfants n'étaient probablement pas quelque chose dont elle aurait à se soucier un jour. Sa vie sentimentale n'avait jamais été très brillante. Même si elle était princesse et qu'on lui répétait qu'elle était belle selon les critères des dragons, elle n'en était pas une, et les prétendants du royaume avaient toujours reculé devant ses ailes blanches de plumes et son incapacité à se transformer. En dehors de quelques baisers échangés lors de réceptions royales, elle n'avait eu qu'un seul véritable amant, un vampire de Nochtbend qui, après avoir couché avec elle et goûté son sang, s'en était lassé. Elle avait accepté la morsure sans savoir que son sang, chargé de magie, portait une décharge électrique, qui avait brûlé sa bouche. Il avait cessé de la courtiser après ça.

Charlie se secoua intérieurement et leva les yeux vers son oncle.

— Hmm, tu disais que tu me cherchais ?

Le regard de Marius s'était perdu une seconde. Il se reprit en passant une main sur son visage.

— Oui. J'ai parlé avec Raven avant que le groupe parte pour Darnuith ce matin, et elle m'a dit de te laisser présider le Conseil des Anciens la semaine prochaine. Tu peux m'aider autant que tu veux. Franchement, je suis étonné que tes parents n'aient pas confié le palais à tes soins. Tu en es plus que capable.

— Merci, oncle Marius. Ça me touche. Tu peux compter sur moi pour t'aider dans tout ce dont tu as besoin.

Son regard glissa vers ses pieds.

— Pour être honnête, j'ai été déçue qu'ils ne me laissent pas les rênes, mais le sort qu'ils lancent avec Avery est déjà assez stressant pour eux. Je suis sûre que ça en dit plus sur leur inquiétude que sur ce qu'ils pensent de moi.

Il pressa son épaule d'un geste rassurant.

— C'est très mature de ta part de faire passer leurs sentiments avant les tiens. Mais je veux que tu saches qu'en tant que délégué, j'ai besoin de ton aide. Je t'enverrai un planning. Tu pourrais gérer l'équipe du matin, et moi je prendrais le relais le soir, puisque je suis debout de toute façon.

— Marché conclu, répondit-elle avec assurance.

Ce n'était pas comme si le palais avait besoin de beaucoup de gestion. Le personnel le faisait tourner comme une horloge.

Marius hocha la tête, comme s'ils venaient de conclure un accord officiel. Charlie était particulièrement proche de lui depuis le jour où il l'avait sauvée des enfers alors qu'elle découvrait à peine ses pouvoirs. Elle se demanda s'il avait réellement besoin d'aide ou si c'était sa façon à lui d'adoucir la blessure laissée par la décision de ses parents. Si c'était le cas, elle l'aimait encore plus pour ça.

— Que faisais-tu ici, au fait ? demanda-t-il.

Elle posa une main sur le livre avec un sourire en coin.

— Tu vas trouver ça idiot.

— J'en doute fortement. Tu es brillante, Charlie. Rien de ce qui t'intéresse ne peut être idiot.

Comme toujours, ses joues s'embrasèrent sous le compliment, mais ses ailes, elles, se gonflèrent peut-être un peu trop.

— Je me suis dit que ce serait sympa d'organiser un Noël pour Avery et Xavier.

— Un *Noël* ? Ah oui, c'est bien une sorte de fête terrienne ?

Elle hocha la tête.

— J'ai entendu Avery dire à Xavier qu'ils rateraient cette fête pendant leur séjour à Darnuith pour le sort. Elle avait l'air vraiment déçue. Techniquement, je pourrais sans doute les ramener quelques semaines en arrière pour qu'ils puissent le célébrer avec leur clan, mais je me suis dit que ce serait une belle surprise si je l'organisais ici, à Paragon. On pourrait fêter ensemble ce qui sera, je l'espère, sa toute nouvelle immortalité, d'une manière qui lui ressemble. Je suis certaine que maman et Clarissa apprécieraient aussi, puisqu'elles ont grandi sur Terre.

Le regard de Marius se fit tendre et chaleureux.

— C'est incroyablement attentionné, et intelligent d'éviter les voyages dans le temps. C'est dangereux.

Elle haussa les épaules.

— Pas aussi dangereux que ça l'était autrefois.

Il se racla la gorge et changea de sujet.

— Comment on organise un Noël ? J'avoue que je n'y connais rien aux fêtes terriennes. Harlow et moi avons eu un mariage à la terrienne, mais Raven a tout planifié de A à Z. Tout ce que je peux deviner, c'est qu'il doit y avoir un gâteau. Les humains ont un gâteau pour chaque occasion.

— Je me souviens de celui de ton mariage ! dit-elle en riant.

Et maman avait préparé une version plus petite pour l'anniversaire des cinquante ans d'Avery. Il était délicieux aussi.

Il hocha la tête.

— Alors, peut-être un gâteau pour leur retour.

— Mais qu'est-ce qui en ferait un gâteau de Noël ?

Il haussa les épaules.

— C'est pour ça que je suis là, précisa-t-elle alors. Je fais des recherches. La bibliothèque m'a donné ce livre, donc j'espère y trouver quelque chose d'utile.

Un énorme bâillement étira la bouche de Marius.

— Tu devrais en parler à Alexander. Il a vécu là-bas des siècles entiers. En plus, c'est un artiste, il pourrait dessiner exactement ce à quoi ça doit ressembler.

— Oh, bonne idée.

Elle se frotta le menton. Son oncle Tobias, sa tante Rowan et leurs compagnons avaient sûrement pas mal d'expérience des Noëls terriens aussi, mais ils étaient occupés par leur propre vie. En vérité, elle ne voulait demander l'aide de personne, pas même celle d'Alexander. C'était trop compliqué d'expliquer à Marius que tout l'intérêt de cette fête était de prouver à ses parents qu'elle pouvait organiser seule quelque chose de complexe et d'original. Si un membre de sa famille intervenait, ce serait trop facile pour sa mère et son père de croire qu'on avait tout fait à sa place. Elle devait y arriver seule.

— Quelqu'un a prononcé mon nom ?

Alexander apparut dans l'embrasure de la porte, vêtu de son éternel uniforme : un jean terrien déchiré, un T-shirt blanc et la veste en cuir tachée de peinture qu'il refusait d'abandonner. Il fit un signe de tête à Marius.

— Harlow m'envoie te chercher. Apparemment, Archie a

encore coincé sa tête dans la chaise, et elle a besoin de toi pour l'en sortir.

Archie était le deuxième plus jeune de Harlow, et il traversait une phase où il touchait à tout. Marius ferma les yeux et secoua vigoureusement la tête.

— Ce gamin va finir par me renvoyer dans les arènes de combat. Avec Anissa, on n'a jamais eu ce genre de problèmes.

— Anissa était enfant unique, ajouta Charlie.

Anissa, la première fille de Marius, née d'un seul œuf, était déjà grande et partie à l'université. Archie venait de la seconde couvée de Harlow, le seul garçon d'une fratrie de trois enfants. Annabelle et Aria étaient de véritables anges, mais Archie, lui, trouvait toujours le moyen de faire des bêtises. Quant à Olivia, née de la troisième grossesse – un événement rare pour les dragons –, elle semblait aussi douce que ses sœurs, bien qu'elle ne dorme jamais la nuit.

— Comment on fait pour coincer sa tête dans une chaise ? demanda Alexander.

Charlie éclata de rire en imaginant la frimousse potelée d'Archie coincée entre deux barreaux.

Les lèvres de Marius se tordirent dans une grimace adorablement excédée avant qu'il réponde.

— Prends une chaise avec des barreaux très espacés, ajoute un garçon avec un crâne curieusement étroit et incapable de rester tranquille, et voilà. C'est la troisième fois qu'il fait le coup. On pourrait croire qu'il a retenu la leçon. J'en viens à me dire qu'il aime ça.

Il se dirigea d'un pas vif vers la porte. Elle lui lança des adieux, ainsi qu'à Olivia qui dormait toujours sur son épaule, la bouche entrouverte.

— Il en a plein les bras, commenta Alexander avec un petit

rire. Dans ces moments-là, je me dis que c'est peut-être une bénédiction que Maiara et moi ne puissions pas avoir d'enfants. Je ne l'envie pas, tu sais ?

Elle gloussa.

— J'aime bien les enfants, mais j'aime aussi dormir. Peut-être dans cent ans, si je trouve le bon partenaire.

Alexander leva le poing en signe de solidarité.

— Alors, tu voulais me demander quoi ? J'ai entendu mon nom.

Elle hésita une seconde. Ça ne pouvait pas faire de mal de poser la question, du moment qu'elle refusait toute aide éventuelle.

— Tu sais quelque chose sur Noël ?

— La fête de la dimension Terre ?

— Exactement. J'aimerais en organiser un pour Avery et Xavier à leur retour.

Alexander réfléchit un moment.

— Honnêtement, non. Je n'ai jamais célébré cette fête quand je vivais là-bas. Ma compagne vient d'une autre culture, qui ne connaissait pas Noël, et je n'ai jamais eu de raison d'y participer.

— Oh. Tant pis alors. Je trouverai bien une idée.

Il lui fit une légère révérence, puis sortit de la pièce.

— On dirait que tu es mon seul espoir, dit-elle au livre.

Elle attrapa un bloc de papier et une plume sur le bureau de la bibliothèque, puis se remit à tourner les pages.

— Noël… Noël…

Elle trouva l'entrée dans la section consacrée aux fêtes religieuses, tout à la fin.

« Noël est une fête à la fois religieuse et séculière célébrée par les humains. Certains croient qu'il s'agit de l'anniversaire du fils de l'un de leurs dieux. D'autres honorent un être céleste qui vit au pôle Nord de leur planète, où c'est toujours l'hiver. Cet être est appelé Saint-Nicolas ou père Noël et on le représente souvent vêtu de rouge, avec une barbe. Si les enfants sont sages toute l'année, il le sait par magie et les récompense avec un jouet qu'il dépose chez eux la nuit du réveillon. »

Charlie fronça les sourcils.

— Il entre chez les gens en pleine nuit pour leur laisser des cadeaux ? Bizarre.

Elle nota sur son carnet : demi-dieu. Pôle Nord. Costume rouge. Barbe. Elle souligna trois fois le nom de père Noël. Ce n'était pas grand-chose, mais c'était un début. Et pourquoi rien sur un gâteau ? Elle voulait que ce soit parfait. Elle voulait que ses parents et ses tantes voient ce qu'elle avait accompli et reconnaissent en elle une adulte capable, une vraie princesse de Paragon.

Elle feuilleta encore une fois le livre doré sans trouver davantage d'informations. Tapotant son carnet du pouce, elle se demanda où chercher ensuite. Leena pourrait sûrement trouver quelque chose dans les parchemins de Rogos ou lire dans un bassin des larmes de la déesse pour avoir une vision. Mais cela voudrait dire déranger la scribe, déjà débordée. Et puis, elle voulait tellement accomplir ça seule.

Reprenant ses notes, elle sentit un frisson d'excitation parcourir son corps quand une idée illumina son esprit. La réponse était là, juste sous ses yeux. Le père Noël était un être céleste vivant au pôle Nord ! Charlie aussi était un être céleste, capable de voyager entre les dimensions et insensible au chaud comme au froid extrême.

Elle n'avait pas besoin d'aide ni d'un autre manuel. Tout ce dont elle avait besoin, c'était du père Noël.

CHAPITRE 3

Le faisceau de la lampe frontale du Dr Liam Morris éclairait un cercle de glace à ses pieds tandis qu'il guidait la foreuse. Dans sa combinaison, qui ressemblait à celle d'un astronaute, il ne sentait pas le froid ; le vent, lui, ne pardonnait pas. Il se pencha contre une rafale particulièrement violente, s'agrippant à la foreuse – heureusement fixée à son rover arctique – pour ne pas perdre l'équilibre. Une neige légère commençait à tomber, mais le ciel annonçait une vraie tempête. Il devait se dépêcher. Même avec son matériel spécialisé, il n'avait aucune envie de subir de plein fouet la brutalité de cet environnement implacable. Le pôle Nord était plongé dans une obscurité totale à cette époque de l'année, et seuls quelques scientifiques au monde acceptaient, comme lui, d'affronter de telles conditions pour la science.

Cette expédition était indispensable à ses recherches. Les satellites pouvaient donner beaucoup d'informations sur les mouvements de la glace, son épaisseur et son étendue au fil des saisons, mais Liam s'intéressait surtout à sa composition lorsqu'elle atteignait son maximum. Connaître les composants chimiques et microbiens de ces couches et voir comment ils évoluaient d'une année sur l'autre permettait de mieux comprendre les changements de la planète, la concentration de la pollution dans cet endroit si reculé, et les risques qui les attendaient.

Il verrouilla la foreuse spécialement conçue, une tâche plus compliquée qu'il n'y paraissait avec ses gants épais, puis entra le code pour lancer l'extraction. Son casque chauffait l'air qu'il respirait, produisant un son qui lui évoquait Dark Vador. Il se concentra sur cette respiration mécanique pour se calmer. Ensuite, il n'y avait plus qu'à attendre que le programme fasse son travail.

La voix de Noah, son partenaire, résonna dans l'intercom de son casque.

— Liam, tu es toujours avec moi, vieux frère ?

— Toujours là. La charge du rover est bonne. Tous mes signes vitaux sont stables. Extraction de l'échantillon à dix minutes et vingt secondes, le compteur tourne.

— Parfait.

Un grésillement statique coupa un instant la transmission.

— Alors, qu'est-ce que ta fiancée a dit en apprenant que tu partais en mission pendant les fêtes ?

Typique de Noah, toujours à poser des questions perso dès qu'il n'avait rien à faire à part attendre et maintenir le contact.

— Mon ex-fiancée a été ravie d'apprendre que j'allais au bout du monde, même si je pense qu'elle aurait encore plus apprécié que j'en tombe.

— Aïe.

— Franchement, je me fiche de ce qu'elle pense. Rompre a été un soulagement. Le mariage, c'est une mascarade, Noah. Les seuls qui le veulent sont ceux qui en tirent un bénéfice social. Elle voulait le nom Morris, autant pour la gloire que pour l'argent qu'elle croyait que j'avais. Si tu avais vu sa tête quand je lui ai raconté la vérité. Elle n'a pas eu besoin de deux secondes pour me balancer la bague au visage.

— Attends, c'était pas un mannequin de lingerie ou quelque chose comme ça ?

— Ouais, lingerie. Elle était aussi doublure de Marie Swift-fleet dans le film *Exodus*.

Liam admettait sans difficulté qu'il était faible face à la beauté. Le rire de Noah crépita dans son oreille.

— On dirait que toi aussi, tu profitais du contrat social.

— J'étais attiré par elle, c'est vrai, et c'était une femme plutôt gentille, mais Victoria voulait mon nom et le compte en banque assorti. Elle voulait jouer à la petite vie domestique. Tu vois le tableau : deux ou trois gosses, dîner tous les soirs en famille, puis aller applaudir le petit Liam au match de basket.

— Pas ton truc, hein ?

— Cette idée me donne envie de me mettre à boire. Je crois qu'elle n'a jamais compris ce que je faisais. Elle voulait quelqu'un comme mon frère, pas moi. Rien de ce qu'elle pouvait m'offrir ne valait que je vende mon âme. Autant acheter un calendrier de Norman Rockwell et en rester là. Des familles en plastique, des amitiés en plastique. Tu sais ce que fait le plastique ? Ça pollue. Ce genre-là pollue la société au lieu des océans.

Noah ricana.

— Tu dois être drôle, en soirée.

Liam détestait les soirées, mais il garda ça pour lui. Inutile de lui donner plus de munitions.

— Les relations et moi, ça fait deux. Un jour peut-être, j'adopterai un chien. Mais avec les femmes, c'est fini.

— Ah oui ? Ça te laisse encore les hommes, Liam. Robert et moi, ça fera onze ans ce mercredi.

— Si seulement ça marchait pour moi, marmonna-t-il.

— Tu n'es pas fait pour la vie domestique. Compris.

— Exactement. Je ne sais même pas pourquoi j'ai pensé un jour au mariage. J'ai toujours été un loup solitaire.

Cette fois, Noah éclata franchement de rire.

— Tu ne viens pas vraiment de t'appeler un loup solitaire !

— Je ne vois pas comment le dire autrement, mon pote. Je ne veux pas m'installer. Bien sûr que je suis un homme normal, intéressé par le sexe comme n'importe qui, mais passer ma vie avec une seule femme... Où est la découverte, là-dedans ? Et puis un emploi de bureau classique avec deux marmots pendus à mes bras, jamais ça ne me suffira.

— Donc, sans Victoria, tu vas passer les fêtes avec ta famille au domaine ?

Le domaine familial des Morris devait déjà être décoré de fond en comble pour Noël, les domestiques prêts à recevoir tout le clan... sauf lui. Une douleur sourde s'installa dans sa poitrine. Pourquoi ça lui importait encore ? La dernière fois qu'il avait vu sa mère en chair et en os – ça devait faire presque un an – elle avait été particulièrement cruelle, lui balançant qu'il ne ferait jamais rien de sa vie à force de vouloir sauver la planète. Il n'avait plus été proche de ses parents depuis plus de dix ans, depuis qu'il avait découvert *le secret*. Il n'avait même pas assisté aux funérailles de son père, en août.

C'est pour ça qu'il avait sauté sur l'occasion de faire ces recherches de terrain. Même s'ils revenaient à temps pour Noël, ça ferait une excuse crédible pour ne pas venir. Au fond, il ne voulait plus avoir affaire ni à sa mère ni à sa famille. Il préférait mille fois un bloc de glace dans la nuit éternelle plutôt qu'une table dorée entourée de sourires faux et d'énormes ego.

Sauf que cette année, quelque chose le tracassait.

— Tu sais, j'aurais préféré esquiver encore, mais bizarrement, ma mère m'a appelé juste avant qu'on parte de Chicago. Elle dit qu'elle doit absolument parler de quelque chose de très important à Spencer, Kara et moi.

— Alors, tu vas y aller ? demanda Noah.

Liam fronça les sourcils.

— Peut-être. Ma mère n'est pas du genre sentimental. Si elle parle de quelque chose de crucial, c'est qu'elle le pense vraiment. Mais je ne suis pas convaincu que ce soit assez important pour moi pour que je me déplace.

— Allez, Liam. C'est ta mère, et c'est Noël.

— Ouais.

Il cligna des yeux en levant la tête vers les étoiles. La foreuse émit un bip, et il refoula ses émotions parasites pour se concentrer sur l'échantillon qu'il plaça dans le réceptacle du rover. Rien ne le rendait plus heureux que de se plonger dans son travail, compartimentant famille et relations. Tout ça n'avait aucune importance à l'échelle de l'univers, pas vrai ? Ce qu'il faisait ici comptait bien davantage.

Une lumière vive traversa soudain son casque, chassant ses pensées sombres et enveloppant son rover d'un halo chaud couleur ivoire. Perplexe, il se tourna vers la source de cette lueur et cligna des yeux pour lutter contre l'éclat. Une autre université avait-elle envoyé une expédition ? Ou un milliardaire en quête d'adrénaline ?

Ses yeux finirent par s'habituer, et il vit clairement d'où venait la lumière. Son souffle se bloqua. L'alarme retentit dans sa combinaison, son cœur s'affolant dans sa poitrine.

— Liam, qu'est-ce qui se passe ? Ton rythme cardiaque explose ! s'écria Noah, paniqué.

Liam voulut répondre, mais sa bouche refusa d'obéir. Il essaya encore.

— F-f…

Il déglutit, forçant sa langue à bouger.

— Une femme. Il y a… une femme, ici dehors.

— Qui ça ? Elle a un logo sur sa combinaison ? Pas encore cette scientifique russe, j'espère.

— Pas de combinaison. Elle est pieds nus… en robe, bordel, réussit-il à articuler.

Il cligna des yeux frénétiquement, tentant de donner un sens à ce qu'il voyait.

— Si une femme se baladait là dehors, juste en robe, elle serait déjà transformée en glaçon, répondit Noah. Vérifie ton oxygène. Tes stats ont l'air normales d'ici, mais il y a forcément un truc qui cloche.

Ce qui clochait, c'était que la plus belle femme qu'il ait jamais vue marchait droit vers lui, pieds nus, dans une robe blanche qui épousait parfaitement ses formes, ses mèches blondes fouettées par la tempête. Le plus étrange n'était même pas qu'elle ne semblait pas souffrir du froid, mais les deux immenses ailes de plumes dressées au-dessus de ses épaules, et cette lumière qui l'entourait, réveillant dans sa tête une version assourdissante de *Angel* d'Aerosmith.

C'était un ange – il en était convaincu – or il n'arrivait pas à prononcer le mot. Le dire à voix haute à Noah voudrait dire qu'il y croyait, et il ne croyait plus aux anges depuis l'enfance. Il baissa les yeux vers son moniteur pour vérifier ses signes vitaux. Oxygène normal. Respiration et pouls stables, quoique rapides. Température correcte. Il cligna des yeux deux fois avant de lever à nouveau la tête. Et de la trouver juste devant lui.

Elle posa ses mains de chaque côté de son casque. Ses lèvres bougèrent, mais il ne comprit pas ce qu'elle disait derrière la visière. Il tapa du doigt sur son oreillette pour qu'elle comprenne. Elle saisit ses bras et les secoua. Plongeant ses yeux bleus dans les siens, elle articula distinctement : *J'ai besoin de ton aide !* Enfin, c'est ce qu'il crut lire sur ses lèvres.

Il hocha aussitôt la tête. Bien sûr qu'il allait aider cette créature merveilleuse qui ne devrait pas exister et n'était sans doute qu'un mirage d'un cerveau en manque d'oxygène. Ou alors – pensée glaciale – il était déjà mort, et cet ange venait le conduire de l'autre côté. Pas de bol, si c'était ça. Il ne se faisait pas trop d'illusions : vu le temps écoulé depuis la dernière fois qu'il avait mis les pieds dans une église, il n'irait probablement pas au bon endroit.

Il inspira profondément et bougea les doigts. Non, il ne se sentait pas mort. Au contraire, son cœur battait si fort qu'il cognait dans ses oreilles comme un tambour.

La femme détourna son attention avec un sourire qui illumina la nuit. Il l'avait rendue heureuse, sans savoir comment. Et pour une raison inexplicable, ça comptait énormément. Pivotant, elle trancha l'air de sa main, dessinant un symbole avec la lumière étrange qui l'enveloppait. Son souffle se bloqua quand l'obscurité se mit à se replier comme du parchemin brûlé. Elle crocheta son bras dans le sien et le tira en avant. Un pas maladroit pour retrouver son équilibre... et il se retrouva debout dans un symbole tracé au sol d'une pièce entièrement noire. Le pôle Nord avait disparu, et il était... il était...

Brusquement incapable de respirer et pris de nausées, il agrippa désespérément le joint de son casque, réussissant à l'arracher juste à temps. Il se plia en deux et vida le contenu de son estomac sur le sol brillant.

— … parfaitement normal, conclut une voix féminine derrière lui.

Quand il tenta de se tourner, la pièce chavira et le sol lui envoya un coup violent à la tête.

— Aïe, murmura-t-il.

— Oh ! s'écria la femme en se précipitant vers lui.

Son visage d'une beauté renversante fut la dernière chose qu'il vit avant que l'obscurité ne l'engloutisse tout entier.

CHAPITRE 4

— P utain, putain, putain !

Charlie vérifia que le demi-dieu respirait toujours avant de nettoyer le vomi sur le sol de sa salle de rituels. Elle ne s'était pas attendue à ce qu'il réagisse aussi mal au voyage dimensionnel. Avoir la tête qui tourne après avoir traversé le temps et l'espace était courant, mais elle avait pensé qu'un être magique aurait un peu plus de résistance. Quand il avait retiré son casque, elle avait compris que les différences entre leurs mondes étaient peut-être plus grandes qu'elle ne l'avait imaginé.

— Beurk.

Elle jeta les chiffons dans son chaudron et, d'un claquement de doigts accompagné d'une incantation, les fit s'embraser. Par chance, l'homme demeurait propre, mais sa peau était couverte de sueur. Peut-être pas à cause du saut dimensionnel, d'ailleurs. En inspectant sa drôle de combinaison rouge matelassée, elle devina qu'elle avait été conçue pour les températures glaciales de son monde. Il fallait le sortir de là pour qu'il respire et vérifier qu'il allait bien.

Heureusement, la force surnaturelle faisait partie de ses dons, parce qu'il était immense. Non sans peine, elle le roula sur le côté et libéra les étranges attaches qui retenaient l'épais tissu. Une fois la fermeture ouverte, elle le tira hors de l'habit encombrant et posa les yeux, pour la première fois, sur celui que les humains appelaient le père Noël.

Ce n'était pas du tout ce à quoi elle s'était attendue.

Saint Nick était bâti comme un dragon, peut-être un peu plus petit que ses oncles, mais quand même. Grand et large, massif comme un ours des montagnes de Darnuith, avec des bras aussi musclés que ceux de son oncle Colin – et ça voulait dire quelque chose, vu qu'il était maître de la Garde. Ses muscles saillaient clairement sous le tissu rouge élastique de sa tunique et de ses collants. Et d'autres parties de son anatomie étaient tout aussi visibles… ce qui lui serra la gorge avant qu'elle ne détourne vivement les yeux vers son visage.

L'homme magique n'était pas seulement fort comme un ours, il en avait aussi l'air avec sa barbe sombre et hirsute et ses cheveux longs en bataille. Elle fronça le nez. Une allure étrange, sauvage.

Pourquoi était-il encore inconscient ? Ses pouvoirs se limitaient peut-être vraiment aux cadeaux et à la téléportation, et le voyage dimensionnel l'avait secoué plus qu'il ne l'aurait dû. Avait-il seulement compris que son aide impliquait ce genre de traversée ? *Quelle idiote tu fais, Charlie ! Tu ne lui as pas assez bien expliqué. Est-ce qu'il pouvait t'entendre dans sa combinaison ?*

Et s'il se réveillait furieux contre elle ? Elle se mordilla la lèvre, enroulant une mèche de cheveux autour de son doigt jusqu'à ce que la pointe blanchisse. Pas sûr que ce soit la meilleure idée qu'elle ait eue de sa vie. Quand elle lui avait demandé de l'aider, il avait hoché la tête avec enthousiasme, mais peut-être n'avait-il rien compris à ce qu'elle attendait de lui.

Avec un soupir, elle chassa ses inquiétudes. Ça ne servait à rien d'y penser, et il ne lui dirait pas merci si elle le laissait allongé par terre. Pliant les genoux, elle le souleva dans ses bras et le porta jusque dans sa chambre, l'installant dans son lit et le couvrant d'un drap. Au moins, il serait à l'aise à son réveil. Ensuite, ils pourraient discuter de son plan – d'être céleste à être céleste.

Quelques secondes plus tard, il bougea la tête sur l'oreiller, et elle poussa un soupir de soulagement. S'il était resté dans les vapes plus longtemps, elle aurait dû chercher un guérisseur, et elle n'avait aucune envie d'expliquer ça à Maiara. Penchée sur lui, elle observa son visage rude et massif en espérant que, lorsqu'il ouvrirait les yeux, il lui pardonnerait le voyage brutal. Ses paupières battirent, et le froncement immédiat de ses sourcils la fit reculer d'un pas.

— Bordel, t'es qui, toi ? Et qu'est-ce que tu m'as fait ?

Liam inspira profondément, les paupières lourdes, en attendant une réponse. Quand il avait émergé, la chaleur de l'air et la douceur des draps lui avaient fait croire qu'il était à l'infirmerie de la station. Il s'était persuadé que tout n'avait été qu'un cauchemar. Noah allait se foutre de lui s'il avait commis une erreur qui avait déclenché ces hallucinations.

Mais en forçant ses yeux à s'ouvrir, au lieu des néons et des armoires grises, il s'était retrouvé face à un ange. La même femme ailée qu'il avait vue marcher pieds nus sur la glace se tenait là, au-dessus de lui, l'air sincèrement inquiète. Il avait demandé qui elle était, son cœur battant à tout rompre, puis il s'était redressé contre la tête de lit pour mettre de la distance entre eux.

Elle le scruta comme si c'était lui le phénomène étrange ici, comme si ses ailes et le décor soudain n'avaient besoin d'aucune explication. Depuis combien de temps était-il évanoui ? Elle avait dû l'assommer et l'évacuer par hélico. Il jeta un regard vers la fenêtre. Peut-être qu'il était en Norvège.

— Quel genre de dieu es-*tu* ? demanda-t-elle.

— Q… quoi ?

C'était bien la première fois qu'on lui posait une question aussi dingue.

— Si c'est une blague, elle n'a rien de drôle. Tu viens de foutre en l'air des recherches capitales.

Toute la situation était incompréhensible. Il se gratta la barbe en fronçant les sourcils devant ses plumes, gonflées et déployées derrière elle comme celles d'un oiseau protégeant sa proie. C'était quoi, ça ? Un cosplay de luxe ?

— Ce n'est pas une blague, dit-elle fermement.

— Alors quoi ? Pourquoi m'as-tu amené ici ?

Être enlevé, c'était bien la dernière chose à laquelle il s'attendait lors d'une mission au pôle Nord.

— Si tu veux de l'argent, tu perds ton temps, ma belle. Ni ma famille ni mon université n'ont d'intérêt particulier pour moi.

Ses ailes se replièrent dans son dos – l'animatronique était bluffante ! – et elle pencha la tête, perplexe.

— Je ne te retiens pas pour une rançon ! Pourquoi tu crois ça ?

— Alors pourquoi je suis là ?

Elle arqua un sourcil pensif.

— Je t'ai amené ici parce que j'ai besoin de ton aide. Je ne pensais pas que tu réagirais aussi mal à mes pouvoirs.

— Tes pouvoirs ?

Il retroussa les lèvres. Pas cupide, mais cinglée. Génial.

— Pourquoi tu es déguisée en ange ?

Elle se redressa de toute sa hauteur.

— Ce n'est pas un déguisement, monsieur.

Elle se tourna de profil et fit frissonner ses ailes.

Ses neurones mirent un moment à se connecter, puis plus aucun doute : elles étaient réelles. Deux miracles emplumés qui poussaient dans son dos.

— Bordel de Dieu !

Il s'interrompit net et porta une main à sa poitrine, vérifiant les battements effrénés de son cœur.

— Tu... tu es un putain d'ange ? Je suis mort ? C'est le paradis ?

— Non !

— L'enfer ?

Elle ricana avant de secouer la tête d'un air incrédule.

Tu n'es pas mort, Nick. Tu parles avec moi et tu bouges, non ? Je ne t'ai rien fait. Tu t'es juste évanoui.

C'était une drôle de façon de se défendre pour quelqu'un qui venait de l'enlever en plein boulot. Il fronça les sourcils.

— Mais... mais tu *es* un... enfin, un ange.

Il retrouva enfin le battement de son pouls sous ses doigts et inspira profondément. Il était bel et bien vivant, même s'il avait peut-être perdu la raison.

Elle ferma les yeux une seconde avant de laisser échapper un petit rire.

— Oh, je comprends le problème. Tu crois que je suis un ange du ciel comme dans vos histoires terriennes.

Avec un haussement d'épaules, elle écarta les mains.

— Je suis bien réelle. Un être céleste, comme toi, Nick. Tu n'as rien à craindre, tu es parfaitement en sécurité et bien vivant. Je suis désolée de ne pas t'avoir expliqué mes intentions avant de quitter ton monde.

— Mon monde ? répéta-t-il en plissant les yeux. Désolé, je ne te suis pas. Tu veux dire mon campement ? Et pourquoi tu continues à m'appeler Nick ?

Un frisson de colère remplaça sa peur. Qui était-elle, et pourquoi ne lui avait-elle rien expliqué avant de… quoi ? L'assommer et l'emmener ici ? Et d'ailleurs, où était cet *ici* ?

Ses lèvres esquissèrent un sourire agaçant, mais charmant.

— Ce n'est pas ton nom ? Saint Nick ? Ou bien…

Elle jeta un œil au carnet posé sur le bureau.

— Saint-Nicolas ? Comme le père Noël ?

Il la fixa longuement, tentant de comprendre. Elle jurait que ce n'était pas une blague. Elle devait être folle. Il fallait qu'il parte de l'idée qu'il avait affaire à une déséquilibrée.

— Mon nom n'est pas Nick, dit-il clairement. C'est Liam. Docteur Liam Morris.

Sa voix devint plus sèche encore quand il ajouta entre ses dents :

— Et je n'apprécie pas d'avoir été enlevé en pleine mission. Qui es-tu et pour qui travailles-tu ?

Elle souffla, laissant retomber ses mains.

— Je ne t'ai pas enlevé ! Je t'ai demandé de m'aider et tu as hoché la tête, tu as accepté. Et comment peux-tu ne pas être le père Noël ? Tu as une barbe.

Elle consulta de nouveau son carnet.

— Tu portais un costume rouge. Et tu étais au pôle Nord !

Il se gratta la nuque et regarda autour de lui. Mis à part les ailes, le reste semblait normal. Un lit à baldaquin, un drap violet sur lui, une couette assortie. Au pied du lit, un coin salon chaleureux, et plus loin, ce qui ressemblait à une fenêtre… Non, c'était une véranda. Impossible. Il faudrait des jours pour rejoindre un endroit assez chaud pour vivre à l'air libre. À moins qu'il ait été inconscient bien plus longtemps qu'il ne le pensait.

— Où sommes-nous ? demanda-t-il.

Il avait sa petite théorie : des gens très riches voulaient faire échouer ses recherches. Elle bossait pour eux, l'avait drogué, puis chargé dans un véhicule pour l'amener ici. Le plus probable : héliporté en Norvège, installé sur un navire qui descendait vers le sud.

— Tu es à Paragon, répondit-elle. Tu es en sécurité.

— C'est le nom du navire ?

Elle parut perdue une seconde.

— Tu n'es pas sur un navire. Je t'ai amené chez moi parce que j'ai besoin de ton aide. Notre monde s'appelle Ouros.

— Tu…

Il dut déglutir et s'humecter les lèvres pour continuer.

— Tu es sérieuse ? Tu veux dire que tu m'as emmené sur une autre *planète* ?

Il eut un rire sans joie. C'était sûr, elle était dingue. Il ne pouvait pas expliquer les ailes, mais elle avait clairement un grain.

— Oui. Ouros. Je sais que c'est déstabilisant, puisque tu n'as pas l'habitude de voyager entre les dimensions.

Elle passa ses doigts le long de sa tempe et dans ses cheveux, comme si de rien n'était, comme n'importe quelle femme dans n'importe quel café qui discuterait de sa journée avec lui.

— Désolée pour les effets secondaires. Je pensais qu'un être céleste serait plus résistant à ma magie. Mais visiblement, je me suis trompée sur toi.

Elle se pinça le menton en l'examinant.

Il la détailla à son tour en tentant de mieux comprendre. *Essaie de raisonner comme si tu étais fou, Liam.*

— Donc, tu es une *extraterrestre*, en gros.

Elle fit la moue.

— En quelque sorte.

Il cligna des yeux, retenant un rire incrédule.

— Tu comptes faire des expériences sur moi ? Avec des aiguilles ? Des sondes anales ?

Ses yeux s'agrandirent.

— Non !

Elle baissa le menton, dégoûtée.

— Des sondes anales ? Pourquoi ?

Elle plissa les yeux, sa voix se fit plus basse.

— Attends… tu veux que je le fasse ?

— Non !

Il leva les deux mains, riant franchement maintenant. Il n'aurait pas dû dire ça. Si elle était vraiment folle, c'était le dernier truc à suggérer. Il devait garder la tête froide.

— Bien, répondit-elle avec un petit reniflement attendrissant. Merci la Montagne. J'espérais que ce n'était pas une coutume bizarre de la Terre.

Il la fixa, cherchant encore à comprendre. Putain, elle était mignonne. Belle, même. Grande, élancée, des seins parfaits, et ces yeux ! Il pourrait s'y perdre des heures. Il se rappela soudain à quel point ça faisait longtemps qu'il n'avait pas été avec une femme. Il secoua la tête pour chasser cette pensée déplacée. Pas le moment. Mais impossible de nier que sa *ravisseuse* ressemblait à un fantasme vivant. Son regard glissa malgré lui vers sa bouche rose, et une image torride s'imposa, qu'il effaça aussitôt.

Reprends-toi, Liam. Tu es scientifique, commence par collecter des données.

— Comment tu t'appelles ?

— Charlie. C'est le diminutif de Charlotte.

— Charlotte, murmura-t-il.

— Oh, tu peux m'appeler Charlie. Tout le monde fait ça.

Ses joues se colorèrent légèrement, et le pouls de Liam accéléra. Pourquoi quelqu'un donnerait-il un prénom masculin à une femme aussi splendide et raffinée ?

— J'aime Charlotte. Tu ressembles à une Charlotte.

Arrête de flirter, imbécile.

— Merci, répondit-elle avec un sourire à couper le souffle.

— Je m'appelle Liam. Liam Morris. Pas père Noël, ni saint Nick. J'étais au pôle Nord parce que je suis scientifique, je travaille sur la glace.

— Tu étudies l'eau gelée ? fit-elle en laissant échapper un petit rire.

— Oui… enfin, plus ou moins. Je suis un scientifique spécialisé dans les changements des formations de glace aux pôles.

— Oh.

— Mon costume est rouge pour que mon partenaire puisse me retrouver dans une tempête de neige. Et j'ai une barbe parce que ça fait un mois que je voyage ou que je vis dans une station arctique.

Elle s'agita, comme si elle hésitait, comme si elle se demandait s'il disait vrai. Puis elle lâcha un torrent de jurons qui n'avaient rien à faire dans la bouche d'un ange.

— Tu sais où je peux trouver le vrai père Noël ?

Il laissa échapper un rire étouffé, avant de s'arrêter en voyant qu'elle était sérieuse.

— Dans un conte, dit-il fermement.

Comme elle ne semblait pas comprendre, il ajouta :

— Il n'existe pas. C'est une histoire... pour les enfants... inventée pour rendre la période des fêtes plus magique.

Venait-il vraiment d'expliquer à une adulte que le père Noël n'existait pas ?

Charlotte gémit et se laissa tomber sur la chaise du bureau, la tête entre les mains.

— C'est une catastrophe.

— Ma journée n'est pas géniale non plus, ma belle.

Elle leva les yeux vers lui.

— Je suis désolée, scientifique Liam, de t'avoir dérangé en t'amenant ici. Mais n'aie pas peur. Je peux te ramener exactement à l'endroit et au moment où je t'ai trouvé, dès que je serai reposée. Je te promets que j'arrangerai ça.

Il allait lui balancer que son petit numéro avait sûrement ruiné son expérience, que le voyage temporel était impossible même reposé, et que Noah avait déjà dû alerter les autorités... quand un oiseau de la taille d'un chien survola le balcon.

Les mots restèrent coincés dans sa gorge.

Liam se redressa d'un coup. C'était quoi ça ? Un aigle ? Un albatros ? Plus gros que les deux réunis. Mais enfin, où était-il ? La véranda baignait dans le soleil. Et à cette période de l'année, il n'aurait jamais dû y avoir de soleil.

En pilotage automatique, il glissa ses jambes hors du lit et se leva pour marcher vers le balcon. Le sol d'obsidienne poli était bien étrange pour un navire. Il franchit le seuil, droit dans le soleil. Où était le verre ? Où était l'eau ? Ce n'était pas un bateau.

Il atteignit la rambarde de pierre de la véranda et resta

bouche bée devant la forêt qui s'étendait au loin, luttant pour admettre qu'il n'était pas sur un navire, mais bien au cœur d'une montagne. Il pivota, fixant la masse de roche volcanique, puis la forêt, puis de nouveau le ciel bleu… ciel bleu avec… Son souffle se coupa. Deux soleils brillaient au-dessus de lui. Deux ! Il tendit les mains, sentant la chaleur réchauffer sa peau nue. Qu'est-ce que c'était que ce bordel ?

Un autre oiseau énorme, à l'allure préhistorique, passa au-dessus de lui. Il recula maladroitement, le cou tendu pour mieux voir.

— Il ne te fera pas de mal. C'est mon cousin.

Charlotte s'était adossée à l'entrée de la véranda, ses plumes frémissant dans une brise tiède qui sentait curieusement la fleur d'oranger.

— Je suis sûre qu'Harlow ou Marius ne tarderont pas à arriver.

— Qui est… ?

Un rugissement, aussi puissant qu'un réacteur, fit vibrer ses os. Liam se retourna et aperçut un gigantesque *dragon* doré, aussi grand qu'un Boeing, qui fonçait droit sur lui. Il chancela, recula précipitamment dans la chambre, buta contre une chaise et manqua de basculer. Il s'y accrocha pour retrouver l'équilibre.

— Ça va ?

Charlotte apparut devant lui. Elle jeta un coup d'œil à une petite kitchenette au fond de la pièce.

— Tu veux un peu d'eau ?

— Dra… dragon.

Il ne bégayait jamais, mais les mots refusaient de sortir correctement.

— Oui. Désolée. J'aurais dû te prévenir. Paragon est un royaume de dragons. C'était ma tante Harlow. Elle peut prendre l'apparence d'un humain. Tu l'as surprise en train de donner un cours de vol à ses petits.

Sa bouche forma un o, mais aucun son n'en sortit. Finalement, la curiosité l'emporta sur la panique. Pas à pas, il retourna sur le balcon. Pendant plusieurs minutes, il absorba tout, laissant son esprit d'analyste suspendre la terreur qui montait dans sa poitrine pour simplement observer. Ce n'était pas un enlèvement orchestré par la fille d'un oligarque russe déguisée. Charlotte n'avait pas menti. Un autre monde s'étendait sous ses yeux, prêt à être découvert. Il ne savait pas comment tout cela était possible, or ça l'était. Liam était sur une autre planète.

Et même si chaque battement de son cœur vibrait de peur, autre chose s'imposait aussi : une vague d'excitation, la même ivresse intellectuelle qu'il avait ressentie en découvrant les dinosaures enfant, ou lors de sa toute première expérience de chimie. L'émerveillement surpassait tout. Les éléments étaient-ils les mêmes ici ? Était-il le premier humain à mettre les pieds à Paragon ? L'air était respirable, déjà un miracle. Que révélerait le sol sous un microscope ? Quelle était donc cette créature ailée ? Et ces dragons qu'elle appelait sa famille ?

Tout l'effrayait. Tout l'enthousiasmait. Le cœur battant, il se demanda si c'était ce qu'avait ressenti Neil Armstrong avant ses premiers pas sur la lune.

— Veux-tu que je te ramène maintenant ?

Charlotte, derrière lui, avait les ailes affaissées et la bouche aux coins tombants.

— Je crois que je suis assez reposée. Je peux le faire.

— D'abord, dis-moi pourquoi tu m'as amené ici.

La question sortit plus dure qu'il ne l'aurait voulu, mais Liam n'avait jamais eu la réputation de parler avec douceur.

Elle sursauta.

— Comme je l'ai expliqué, j'ai commis une erreur. On m'avait dit que saint Nick se trouverait au pôle Nord terrestre, vêtu de rouge. Je pensais que c'était toi. Je t'ai demandé ton aide, tu as dit oui, et je t'ai emmené en croyant que tu étais lui. Je ne savais pas qu'il était imaginaire.

Il grogna.

— Ton explication, je l'ai comprise. Ce que je veux savoir, c'est quel genre d'aide tu espérais du père Noël.

Elle soupira profondément.

— J'ai besoin d'organiser un Noël, et je ne sais pas comment m'y prendre.

Il la fixa, incrédule. Avait-il bien entendu ?

— Organiser… un… Noël ?

— Ma tante Avery traverse une période difficile. Elle vient de la Terre et a dit qu'elle aimerait être chez elle pour Noël, mais la procédure qu'elle doit subir l'empêche d'y être. Je voudrais la surprendre en recréant un Noël ici. Une fête pour son retour.

Son esprit scientifique se mit à bourdonner de questions. Si sa tante venait de la Terre, elle devait être humaine. Alors, comment Charlotte pouvait-elle être un ange ? Et où se trouvait Paragon dans l'univers ? Comment avaient-ils voyagé jusqu'ici ?

Une vérité s'imposa : il avait une responsabilité – un devoir, même – envers la science, d'en apprendre plus sur ce monde fascinant.

— Je ne suis pas le père Noël, mais je peux t'aider à préparer ta fête de Noël.

Après tout, il l'avait toujours célébré. Certes, il n'avait jamais organisé la moindre soirée – sa mère s'en était toujours chargée – mais à quel point cela pouvait-il être difficile ?

— Tu pourrais ?

— Je viens de la Terre. Je connais tout de Noël.

Il posa les mains sur ses hanches, son regard glissant vers la roche volcanique. Fascinant.

— Mais… tu veux vraiment ? Tu semblais en colère il y a deux minutes.

Elle croisa les bras.

— Je ne veux pas que tu te sentes obligé. C'était juste un malentendu.

Il avança vers elle d'un pas ferme, jouant de sa taille imposante. Il devait comprendre sa place ici. Était-elle militaire ? Scientifique ?

— Qui es-tu, dans ce monde ?

Elle baissa les yeux sur ses mains, comme une enfant réprimandée. Clairement pas militaire.

— Tu veux dire, mon titre ?

Il hocha la tête.

— Je suis la princesse de Paragon.

Hmm. Politique, donc.

— Eh bien, *princesse*, tu m'as arraché à mon travail. J'ai une part de responsabilité, car j'ai accepté de t'aider, mais je pensais que ce serait sur mon monde. Maintenant que je suis là, trouvons un accord. D'abord, dis-moi vraiment comment on est arrivés ici.

— Nous…

Elle se redressa, et sa voix se fit plus raide.

— Comme je l'ai dit, je peux marcher entre les dimensions. J'ai sauté d'un monde à l'autre et je t'ai emmené.

— Et tu dis que tu pourras me ramener à la fin de toute cette histoire.

— Oui, mais…

Elle hésita.

— Tu dois savoir que le temps ne s'écoule pas pareil ici que sur Terre, et je ne peux contrôler mon atterrissage qu'à un certain degré.

Une migraine pointa.

— Tu viens de dire que le temps passe différemment ici que sur Terre ?

Elle hocha la tête.

— Comme deux rivières qui coulent côte à côte, chacune à son rythme. Je peux sauter de l'une à l'autre, et grâce à ma magie, je retrouve le même endroit. Mais plus tu restes, plus il est difficile de rajuster le décalage. Tu peux vivre une semaine ici et devoir revivre la même sur Terre. Certains trouvent ça perturbant.

Il y réfléchit un instant. Si elle mentait, si elle ne pouvait pas voyager dans le temps – mon Dieu, était-il en train d'admettre que c'était possible ? – alors Noah aurait depuis longtemps conclu qu'il avait disparu dans la glace. Si elle le ramenait à l'endroit exact, il risquait de se retrouver seul, sans équipe, piégé.

— Plus tard, quand tu me ramèneras, si ça coince, tu pourrais m'envoyer directement chez moi, à Chicago, plutôt qu'au pôle Nord ?

Ses yeux s'écarquillèrent.

— Oh oui. J'ai un oncle et une tante qui vivent à Chicago. Ma tante est à la tête de la confrérie des vampires là-bas.

Liam s'appuya plus fort contre la chaise.

— Confrérie des vampires ?

— Oh, j'avais oublié que les humains ne connaissent pas toujours leur existence. Disons juste que je pourrai facilement t'y ramener, et que j'aurai de l'aide en cas de souci. Je n'y suis jamais allée, mais ça ne devrait pas être compliqué.

Charlotte fit un pas vers lui, son sourire renversant de retour. Une chaleur palpitante naquit dans son ventre. Il se persuada que c'était l'adrénaline de l'aventure et non une attirance dangereuse pour cette femme… cette *créature*. Il se le répéta alors même que son regard restait accroché à sa bouche.

Un monde incroyable s'offrait à lui. Une princesse splendide, des ailes qu'il rêvait d'examiner. Le plus gros risque ? Perdre un peu de temps sur Terre et laisser son équipe le croire mort. Désolé, Noah, mais il n'allait nulle part.

— Je vais rester et t'aider, *princesse*. Mais à une condition.

— Laquelle ?

— Je suis scientifique, et je veux comprendre ton monde. Je m'attends à ce que tu répondes à mes questions.

Il la fixa droit dans les yeux, les mains toujours posées sur ses hanches.

— Marché conclu.

Ses ailes se soulevèrent légèrement. Il était fascinant de lire ses émotions à travers elles.

Un silence s'installa, le temps qu'il réfléchisse à ce qu'il devait demander en premier. Puis il fronça les sourcils, réalisant qu'il n'était vêtu que de ses sous-vêtements.

— Et je vais avoir besoin de vêtements convenables.

CHAPITRE 5

La première fois que Charlie avait vu Liam, elle avait pensé qu'il ressemblait à un ours. Elle ne s'attendait pas à ce qu'il en ait aussi le caractère. L'homme ne souriait jamais, aboyait presque chaque phrase, et dégageait à peu près la chaleur de la plaque de glace dont elle l'avait extrait. En plus, il semblait porter en permanence un pli têtu au milieu du front.

À le voir, elle aurait pu conclure que tous les hommes humains avaient un fichu tempérament, sauf que son oncle Nick, le compagnon de Rowan, était humain et n'avait rien à voir avec le grognon Liam. Ce qui ne lui laissait qu'une seule option logique : c'était lui, le problème. Tant pis, il avait promis de l'aider pour Noël. C'était tout ce qu'elle voulait, au fond. Qu'importait qu'il claque de la mâchoire à tout bout de champ ! Ce n'était pas un animal de compagnie qu'elle comptait garder.

Au moins, il était agréable à regarder. Elle aurait bien aimé le promener dans tout le royaume dans la tenue moulante rouge avec laquelle il était arrivé, mais elle avait cédé à ses exigences et lui avait trouvé de quoi s'habiller grâce à l'oncle Alexander, qui avait conservé des vêtements de son séjour sur Terre. Alexander n'avait pas vraiment sauté de joie quand elle lui avait présenté Liam et la situation. Malgré tout, il avait accepté de l'aider. Sauf que maintenant, tandis qu'ils attendaient tous deux dans la chambre d'Alexander, devant la salle de bains où Liam se changeait, son pied battait le sol comme la queue d'un chat contrarié.

— Il y a un problème, mon oncle ?

Il se gratta l'arrière de la tête.

— Tu es sûre de toi, Charlie ? Je ne pense pas que Raven et Gabriel apprécient que tu sautes entre les dimensions sans leur accord. Et ramener ici un pauvre humain ? Tu as fait de meilleurs choix, gamine.

Se mordant la lèvre, elle se hérissa à l'entente du mot *gamine*. Elle n'était pas une enfant. Pourtant, il avait raison sur un point – elle n'avait pas réfléchi au fait que ses parents pourraient considérer Liam comme un risque pour la sécurité.

— C'était une erreur innocente. Je me suis fiée à ce que j'avais lu dans le livre…

— Je peux comprendre. Pôle Nord, costume rouge, barbe. N'importe qui aurait pu se tromper. Ça, c'est raisonnable. Ce que je ne comprends pas, c'est pourquoi il est encore là.

— Il a proposé de rester. Il dit qu'il connaît très bien Noël et qu'il veut bien m'aider.

Un grondement sourd vibra dans la poitrine de son oncle.

— Qu'est-ce que tu sais vraiment sur cet humain ?

— Quasiment rien. C'est un scientifique qui étudiait la glace au pôle Nord. Et c'est à peu près tout.

— Alors, comment sais-tu que tu peux lui faire confiance ?

Elle haussa les épaules, moqueuse.

— Il m'aide à organiser une fête sur le thème de Noël terrestre, pas à inventorier les dragmars du palais.

Elle lui fit face, les bras croisés.

— Tu remets en cause ma capacité à gérer un pauvre humain ?

Il poussa un soupir.

— Ne te méprends pas, Charlie, je pense qu'Avery appréciera la fête, et que ça montrera à Raven que tu sais mener un gros projet.

— Mais ?

— Mais tu as fait entrer un inconnu au palais sans autorisation.

Alexander se tira l'oreille, signe que toute cette histoire le perturbait.

— Tu as raison. Je l'ai fait. Et s'il était dangereux, je considérerais que c'est un très mauvais choix de ma part. Mais c'est juste un humain. Je pourrais le fendre en deux d'un seul geste.

Elle retourna la paume et laissa sa puissance crépiter au-dessus, une petite tempête électrique qui chantait.

— Je ne le quitterai pas des yeux.

— Mais, euh, Charlie, il n'y a pas que ça.

Alexander remua, mal à l'aise.

— Je lui effacerai la mémoire avant de le ramener sur Terre, d'accord ? Il n'y a vraiment rien à craindre, mon oncle.

Il fronça les sourcils.

— Et pendant qu'il est ici ? Où comptes-tu le faire *dormir* ?

Elle ouvrit les mains, l'air de dire : *Où est le souci ? Quelles sont les options ?*

— Dans mes appartements.

Il secoua énergiquement la tête.

— Non. Je ne suis pas d'accord avec ça. Pas du tout.

Alexander baissa la voix.

— Et s'il essayait de profiter de toi ?

La petite boule d'éclairs dans sa paume revint et enfla avec sa colère.

— Testons. Fais comme si tu étais lui.

Alexander recula d'un pas. La magie céleste faisait partie des rares choses capables de brûler un dragon. Un humain, elle pouvait carrément le réduire en cendres. Et Charlie en maîtrisait une sacrée dose. Alexander leva les mains en riant, puis frotta sa mâchoire mal rasée.

— Message reçu. Tu sais te défendre. Seulement…

— Oui ?

— Que vont penser les autres ?

Elle plissa les yeux, fit disparaître l'étincelle d'un revers de main.

— Pardon ?

— Tu as ta réputation à préserver. Ta… *mariabilité* en tant que princesse.

Elle renifla, s'adossa au dossier du canapé et croisa les bras.

— Sérieusement ? Mon oncle, je peux t'assurer sans trembler que je ne risque pas de perdre des prétendants. Il n'y en a tout simplement pas.

Il soupira lourdement.

— Pour l'instant, mais plus tard…

— Plus tard ne changera rien. Aucun mâle de ce royaume ne veut d'une épouse capable de lui faire fondre la peau.

— Gabriel me tuerait si je te laissais te compromettre.

Donc c'était ça. Charlie gonfla ses ailes.

— Je t'aime, mon oncle, mais je vais le faire. Je gère. Je te promets qu'il ne se passera rien avec cet humain et que je serai discrète sur sa présence ici. Je le mettrai dans ma deuxième chambre et je garderai mes distances en public.

L'oncle Alexander soupira, mais acquiesça.

— Bon plan. J'ai confiance : tu vas éviter les ennuis. Et lui aussi, d'ailleurs.

Il s'éloigna d'elle pour gagner son bar et se servir un verre d'alcool ambré.

— Il y a une solution simple. S'il fait des vagues, je le ramène illico sur Terre.

Il revint près d'elle, pointant l'index vers la porte de la salle de bains.

— Assure-toi juste que je récupère mes fringues avant. Ce sont quelques-uns de mes souvenirs préférés de mon séjour à Sedona.

Charlie éclata de rire. L'oncle Alexander adorait ses vieux vêtements terriens. En tant que dragon, il était bien plus massif que Liam, mais il y avait eu une époque, avant la résurrection de sa compagne Maiara, où il s'était amaigri jusqu'à la taille d'un humain. Liam se situait entre ces deux extrêmes, plus proche de son oncle d'aujourd'hui que d'alors. Heureusement, Alexander avait de la réserve et avait refilé à Liam une pile de tenues et quelques paires de bottes pour qu'il choisisse.

— Marché conclu.

Elle cogna doucement son épaule contre la sienne.

— Il repartira avec sa combinaison rouge ou ce qu'il portait dessous. Promis.

— Parfait. Et, euh, Charlie ?

— Oui ?

— Si ton père demande, je ne sais rien de rien sur sa présence dans tes quartiers. Rien du tout. J'invoquerai la parfaite ignorance.

— Ça me va.

Elle lui adressa un sourire apaisant. Charlie n'avait aucune intention de faire quoi que ce soit d'inapproprié avec ce grand grognon velu qu'elle avait ramené de la Terre. Tout ce qu'elle voulait, c'était les informations contenues dans sa tête. Elle était jeune à l'échelle des dragons, et elle comprenait le point de vue de son oncle, mais elle ne ressentait aucune attirance pour...

La porte de la salle de bains s'ouvrit, et ses pensées s'éparpillèrent comme une volée de moineaux. L'homme devant elle n'avait plus rien du type ébouriffé et mal peigné qu'elle avait extirpé de sa doudoune rouge pour le déposer sur son lit. Il avait coiffé sa tignasse et taillé sa barbe indocile, dévoilant une mâchoire nette et des lèvres joliment pleines. Avec ses cheveux sombres domptés, son regard intense accrocha le sien sous des cils incroyablement fournis, une lueur brillant au fond de ses yeux ambrés.

Il passa une main sur le T-shirt noir qu'il portait – il lui collait à la peau comme s'il en redemandait – et jaugea les vêtements paragonniens modernes d'Alexander.

— Ça ira, ou je vais avoir l'air d'un terrien ?

Alexander ricana.

— « Terrien ». Elle est bonne, celle-là.

— Nous, on vous appelle juste des humains, dit Charlie. Et tu es très bien comme ça. De toute façon, quoi que tu mettes, on saura que tu es un humain.

— Oh.

— Tu es plus petit, tu n'as ni ailes ni marques. Et puis il y a ton odeur.

Ses lèvres s'entrouvrirent comme s'il allait répondre, sans trouver les mots.

— Contente-toi de rester avec Charlie et rien ne te mangera, lança Alexander avec un reniflement amusé.

Liam fronça les sourcils et tourna la tête vers elle.

— Il plaisante, j'espère ?

Étrangement, la langue de Charlie se fit énorme dans sa bouche quand il la regarda. Elle dut s'éclaircir la gorge plusieurs fois pour la décoincer.

— Personne ne va te manger, dit-elle avec un grand sourire lumineux. Tant qu'on évite les vampires de Nochtbend et qu'on ne fâche aucun dragon, tout ira bien.

Un grondement bas résonna dans la gorge de Liam.

— Des vampires… bien sûr. Ici aussi, hein ? Pas seulement à Chicago ?

— Ils restent surtout dans le royaume de Nochtbend. Et ils dorment le jour. On n'en croisera peut-être même pas.

Elle balaya l'air d'un geste, comme pour chasser un moustique. Ce n'était vraiment pas un sujet d'inquiétude. Aucun vampire n'embêterait Liam avec elle dans les parages. Même s'il n'avait pas l'air ravi de l'ensemble. Qu'importe : il avait accepté de l'aider, et c'était l'essentiel. À force de fréquenter des dragons, elle était devenue immunisée contre les humeurs acides.

Alexander but une gorgée.

— Je dois retourner travailler. Vous commencez par quoi ?

Il lança à Liam un regard bien appuyé.

Peu d'hommes tenaient bon face au regard d'un dragon. Les yeux d'Alexander brûlaient, et le grain de sa voix ajoutait une nuance de menace à sa question. Il ne faisait pas confiance à Liam – ou peut-être à aucun homme près de Charlie. Mais Liam ne sembla pas s'en émouvoir.

Il le toisa et dit :

— Il nous faut un sapin – un vrai conifère – et un endroit où l'installer.

— Je l'emmène à Everfield, l'informa Charlie.

Alexander hocha la tête, puis s'avança pour saisir les biceps de Liam, rapprochant son visage de celui de l'humain.

— Parfait. Trouve l'arbre, prépare la fête, et restez loin des ennuis. Et n'oublie pas : la princesse Charlie est chérie de tous, *humain*.

Liam soutint le regard de son oncle.

— Compris, grogna-t-il entre ses dents.

Charlie fondit sur eux et arracha Liam à la poigne d'Alexander, l'entraînant vers la porte.

— Merci, tonton Alex ! Je te revaudrai ça.

MOINS D'UNE HEURE PLUS TARD, CHARLIE CAHOTAIT SUR LA ROUTE d'Everfield dans un carrosse royal, Liam assis sur la banquette en face d'elle.

Elle avait envoyé un faucon en éclaireur auprès de l'oncle Sylas et de la tante Dianthe, pour les prévenir qu'elle se rendait au royaume des fées et qu'elle pourrait avoir besoin d'eux pour dénicher un bel arbre.

Il n'existait que deux endroits sur Ouros où poussaient des conifères : Darnuith et Everfield.

Aller en couper un à Darnuith était exclu.

Les protections autour du royaume alerteraient aussitôt la reine Penelope de sa présence, risqueraient d'interrompre le sort qu'ils devaient lancer et gâcheraient totalement la surprise.

La forêt Empyréenne d'Everfield, en revanche, se vantait d'abriter toutes les essences d'arbres de leur monde et même d'au-delà, et avec l'aide de Dianthe, elle était sûre qu'ils trouveraient l'arbre parfait.

Le carrosse freina brusquement et s'immobilisa.

— Pourquoi on s'arrête ? demanda Liam, les mains bien à

plat sur ses cuisses, l'expression toujours aussi peu encline à l'humour.

— Juste le péage de frontière pour Nochtbend. On repart dans une minute.

— Nochtbend ? L'endroit avec les vampires ?

Liam écarta le rideau de la fenêtre et jeta un œil vers la lisière embrumée de la forêt de Grimtwist.

— Ne t'inquiète pas, dit-elle en riant. Les deux soleils sont encore hauts. Ils dorment tous. Et puis on ne s'arrête pas, on ne fait que traverser pour rejoindre Everfield. Même en pleine nuit, peu de vampires oseraient s'en prendre à un carrosse royal sur une grand-route.

Il s'enfonça contre le velours du siège et posa une cheville sur son genou.

— C'est vrai : la princesse est adorée de tous.

Elle n'apprécia pas le dédain dans sa voix.

— Ça te dérange que je sois princesse ?

— Seulement parce que ça attire les menaces de types comme ton oncle. C'est toi qui m'as amené ici. Je n'aime pas qu'on me parle comme si je te tenais en joue.

Elle croisa les bras.

— Tous les scientifiques sur Terre sont aussi irascibles que toi ?

Les sourcils de Liam s'arquèrent.

— Irascible ? Tu trouves que j'exagère vu les circonstances ?

— Non.

Elle croisa les jambes, son pied battant dans le vide entre eux. Les scientifiques avaient-ils bonne presse sur Terre ? Quelle place occupaient-ils dans la société ? Il était possible que son titre le mette mal à l'aise s'il venait d'une caste moins favorisée.

Elle essaya de faire preuve d'empathie en répondant :

— Je te présente les excuses de mon oncle. Il part d'une bonne intention et il m'aime, mais ça ne lui donne pas le droit de t'intimider.

Sa seule réponse fut un bref hochement de tête, les yeux rivés à la fenêtre.

Le silence se glissa entre eux dans le carrosse, nimbé du seul cliquetis des sabots du cheval des montagnes.

Elle fut soulagée quand il finit par tourner de nouveau le visage vers elle.

— Est-ce que tu aimes être princesse ?

— Personne ne m'a jamais posé la question.

— Il y a un début à tout.

Elle étudia le visage de Liam en cherchant comment répondre. Être princesse, c'était simplement ce qu'elle était. Elle n'avait pas vraiment le choix.

— Je crois que oui. Mes parents gouvernent le royaume, pour l'essentiel. Honnêtement, j'ai peu d'obligations. C'est en partie pour ça que je veux organiser cette fête. Je veux leur prouver qu'ils peuvent me confier davantage de responsabilités.

Avec nonchalance, il décroisa les chevilles et allongea les jambes vers elle.

— Sérieusement ? Tu me sembles largement à la hauteur. Bon sang, tu as sauté de monde en monde jusque dans l'un des environnements les plus hostiles de la Terre pour venir me chercher. Moi je dis : tu es une femme qui sait faire avancer les choses.

Elle sourit.

— Merci pour ça.

— Pour quelle partie de ce que j'ai dit ?

— Tout. Mais surtout le fait que tu m'aies appelée *femme*. Ma famille me traite encore comme une gamine.

— Je m'en suis douté quand ton oncle m'a soufflé dans les bronches. Tu as quel âge, au fait ?

— C'est plus difficile à dire que tu ne crois. À ton échelle de temps, j'ai vingt-cinq ans.

— À mon échelle ? Tu veux dire à cause de la différence de rythme temporel entre nos mondes ?

Elle rabattit ses cheveux derrière ses oreilles.

— Euh, non, même si ça joue aussi. Depuis ma naissance, j'ai grandi plus vite qu'un enfant humain. À deux ans terriens, j'avais déjà l'apparence et la maturité intellectuelle d'une fillette de dix ans. J'ai cessé de vieillir quand j'ai atteint cette taille et ce visage, il y a une dizaine d'années.

— Adulte à quinze ans ?

Elle acquiesça.

— Je suis majeure selon vos critères comme selon les nôtres. Ça te dérange si je te demande… ?

Elle désigna sa silhouette d'un geste.

— Trente-huit… en années humaines.

Il ne sourit pas tout à fait, mais le coin de ses yeux se plissa comme s'il en avait eu envie.

— Et tes parents… Tu dis qu'ils te traitent comme une enfant. Ils ne t'associent pas aux affaires du royaume ?

— Oh, ils m'y associent, mais c'est comme si j'étais une statue de marbre qu'on pose là. Je ne dirige rien, et les missions qu'on me confie sont rares et généralement secondaires.

— Hmm. Compliqué. Pas étonnant que tu veuilles organiser cette fête. Tu dois mourir d'ennui.

Elle s'ennuyait pour bien des raisons, mais elle ne se sentait pas prête à creuser ça avec un inconnu, alors elle sourit et renversa la conversation.

— Et toi ? Tu es heureux comme scientifique ?

Ses sourcils se haussèrent.

— Je ne suis pas sûr qu'on me l'ait déjà demandé.

— Il y a un début à tout.

— J'adore ça, même quand je prélève un échantillon de glace au clair de lune par des températures arctiques.

Il tripota le côté de son ongle, un nouveau silence s'installa un instant entre eux avant qu'il n'ajoute :

— On peut dire que j'ai renoncé à être prince pour ça.

Comment ? Se penchant, elle baissa la voix.

— Tu as été prince humain, un jour ?

Il laissa échapper un grognement.

— D'une certaine façon. Mes grands-parents ont fondé Morrismart. Ma famille est ce qui se rapproche le plus d'une royauté américaine.

— C'est quoi, Morrismart ? demanda-t-elle, encore plus intriguée par cet étranger.

S'il avait été l'équivalent d'un prince, pourquoi son rôle de princesse l'avait-il agacé ?

— Un gigantesque magasin qui vend de tout, des kayaks aux cartes de vœux. Mon père était un génie de la logistique, il a donc développé un logiciel qui trouve non seulement le prix le moins cher mais aussi le transport le plus économique jusqu'à nos entrepôts. Il a aussi inventé un modèle prédictif révolutionnaire pour savoir quoi commander et en quelles quantités.

Elle essaya d'imaginer un tel commerce, sans y parvenir. Des magasins pareils n'existaient pas à Paragon. Le concept lui paraissait vertigineux.

— Et ça fait de toi un prince ?

— La fortune cumulée de ma famille fait de nous la troisième plus riche d'Amérique et la quinzième du monde.

— Tu dois en être très fier.

Elle tenta de garder un visage neutre, mais Liam commençait à sonner comme certains hommes venus rôder au palais, plus intéressés par le prestige d'épouser une princesse que par la personne.

À sa surprise, il secoua la tête.

— Non... pas du tout. Morrismart est un fléau pour la planète. L'entreprise écoule des masses de plastique bon marché et jetable qui finissent en décharge ou dans les océans. Et je ne te parle même pas des lieux de production. Les conditions de travail sont désastreuses. C'est pour ça que j'ai refusé d'en faire partie. À la place, j'ai décroché un doctorat, laissé tomber mon héritage et je suis devenu chercheur en environnement. Non seulement j'ai quitté l'entreprise, mais mes travaux ont conduit à de nouvelles réglementations qui les obligent à s'améliorer. Ils détestent ça, d'ailleurs.

Passionnant. Charlie ne s'attendait pas à cette réponse. La plupart des hommes qu'elle avait rencontrés s'intéressaient au moins un peu à sa fortune et beaucoup à la préservation de la leur.

— Tu as renoncé à tout cet argent ?

Il s'agita, comme si la question le gênait.

— Oui. Crois-moi, quand je pense à ce que cet argent pourrait faire pour la planète, je me demande parfois si j'ai eu raison. Mais mon héritage était conditionné au fait de travailler pour l'entreprise, alors c'était non pour moi. Malheureusement, mon salaire de professeur suffit à peine pour un studio à Chicago.

Il fronça les sourcils.

— Ça te contrarie d'avoir visé un être céleste et d'avoir pêché un docteur fauché à la place ?

— Pourquoi ça me contrarierait ?

Comme il ne répondit pas tout de suite, elle l'observa encore un instant et comprit.

Pensait-il que sa situation économique le rendait indigne de sa mission ?

Ou – et elle détestait l'envisager tant le vœu pieux pointait le bout du nez – se considérait-il comme un possible prétendant, en se demandant si la richesse comptait pour elle ?

Quoi qu'il en soit, il n'y avait qu'une seule réponse à donner.

— Non. Ça ne me dérange pas. Je trouve tes choix admirables. Ce changement a été difficile pour toi ?

— Pas vraiment.

Il tourna la tête vers la fenêtre, son regard se perdant au loin.

— Parfois, la vie *en famille* me manque, comme avant.

Elle aurait voulu creuser, mais le carrosse s'arrêta d'un coup et le cocher leur ouvrit la porte.

Elle n'avait pas fini de descendre la dernière marche qu'elle se retrouvait déjà happée dans les bras de son oncle Sylas.

CHAPITRE 6

Liam avait rarement été aussi motivé pour faire bonne impression sur un énième oncle, surtout après la menace d'Alex. Celui-ci paraissait encore plus massif que le précédent, ce qu'il n'aurait jamais cru possible, et l'homme – pardon, le dragon – avait dans ses yeux gris acier un éclat glacé qui donnait la chair de poule. C'était sans aucun doute le dragon capable de le croquer tout entier, os compris, s'il faisait un pas de travers.

— Oncle Sylas, voici mon ami Liam, il vient de la Terre. Il m'aide.

— Enchanté de vous rencontrer.

Liam tendit la main avec une cordialité appliquée. Le dragon l'observa quelques secondes, puis finit par la serrer maladroitement.

— J'ai comme l'impression que la poignée de main n'est pas un geste habituel ici.

Sylas secoua lentement la tête.

— Bienvenue à Everfield.

Son regard revint vers Charlotte.

— Dianthe nous retrouvera à la maison. Elle a eu un petit incident avec l'un des enfants.

Charlotte éclata de rire.

— Oh ? Qu'est-ce qui s'est passé cette fois ?

Sylas leva les yeux vers le ciel parfaitement dégagé et poussa un soupir.

— Annabelle a rencontré un garçon, et Dianthe les a surpris tous les deux enfermés dans sa chambre.

— Ouh là.

Charlotte haussa les sourcils d'un air entendu.

— Il faut croire qu'elle a bel et bien quinze ans.

— Ne m'en parle pas.

Même s'il avait laissé entendre qu'il les emmenait chez lui, le dragon les guida directement de la route vers les bois. Liam se demanda s'il s'agissait d'un raccourci. Bonne pioche : il ne se lassait pas d'admirer la flore qui l'entourait, si différente de tout ce qu'il avait vu ailleurs. Certains arbres semblaient sortis tout droit d'un album illustré du Dr Seuss. Les couleurs, les formes… Cela n'aurait jamais dû exister.

Tout n'était pas inconnu pour autant. Il reconnut des chênes, des érables, des sycomores et des aubépines, même si les arbres ne ressemblaient pas vraiment à ceux de son monde. Là où les troncs étaient d'ordinaire droits, ils s'enroulaient en nœuds étranges. Les feuilles affichaient des découpes inattendues. Il absorbait tout, examinant chaque plante avec une curiosité enfantine, jusqu'à se retrouver à la traîne.

— Il me faut du papier et de quoi dessiner, dit-il d'un ton pressant, stoppé net devant une fougère aux tentacules orange vif qui s'agitaient dans son coin d'ombre.

Charlotte le rejoignit.

— D'accord. Mais on n'a pas le temps de s'arrêter maintenant. Tu peux attendre qu'on soit de retour au palais ?

Il bénit soudain sa mémoire eidétique.

— Oui. Ça ira.

Ils reprirent leur marche, et cette fois, Charlotte adopta son rythme.

— Ma tante et mon oncle ont adopté neuf enfants.

— Neuf ?

Les sourcils de Liam grimpèrent presque jusque dans ses cheveux. Lui-même était l'aîné de trois, et parfois ça lui semblait déjà trop.

— Ils ne pouvaient pas en avoir, alors, il y a quelques années, ils ont décidé d'adopter et d'offrir un foyer au plus grand nombre possible d'orphelins. Maintenant, ils ont Annabelle, Lilly, Dash, Rose, Hyacinth, Ash, Nigella, Reed et Wren. Je ne me rappelle pas leurs âges à tous, mais Annabelle vient d'avoir quinze ans, et les autres suivent à un ou deux ans d'écart, jusqu'à la dernière, Wren, qui a cinq ans.

— Waouh, neuf enfants. Ça, c'est de l'engagement.

Elle gloussa.

— C'est rare ici, mais je pense que c'est parce que Sylas vient lui-même d'une fratrie de neuf enfants…

— Tu as huit oncles ?

La voix de Liam se brisa. Huit oncles et un père dragon énorme et redoutable. S'il avait déjà eu peur de commettre une bourde, il venait de multiplier cette peur par neuf.

— Sept oncles et une tante, rectifia-t-elle, et c'est ma tante Rowan que les gens craignent le plus. Elle est plus petite mais aussi rusée qu'un dragon. Elle vit à New York avec son compagnon humain, Nick.

Bizarrement, son cœur se serra à cette information.

— Elle a un compagnon humain ?

Charlotte lui lança un sourire espiègle.

— Oui. Elle possède une galerie d'art là-bas. Lui était détective, mais il est à la retraite maintenant.

Elle détourna les yeux, et Liam eut le sentiment qu'elle s'était retenue de dire quelque chose de plus.

Un concert de voix les ramena vers un cottage digne d'un conte de fées, au-delà de tout ce que Liam aurait pu imaginer. Cela ressemblait vaguement à une maison humaine, notamment le toit, la porte et les fenêtres. Le reste semblait sorti d'un rêve. Les branches de l'arbre qui l'abritait formaient ses murs – des branches vivantes qui continuaient de pousser vers les deux soleils de Paragon. C'était une véritable maison dans un arbre, avec un tronc plus large que Liam n'était grand et un perron perché à plus de six mètres du sol. Mais le plus incroyable, c'était la fumée qui s'échappait d'une cheminée de pierre. Par un miracle ou par magie, cette maison-arbre respirante possédait une cheminée en état de marche.

— Je vais le faire voler jusqu'en haut, proposa Sylas, tandis que des ailes surgissaient de son dos.

Liam recula brusquement. Ces ailes de chauve-souris avaient à leur extrémité des serres plus longues que sa propre tête !

— Je m'en occupe, dit Charlotte avec bonté.

Avant qu'il puisse protester, ses bras s'enroulèrent autour de lui, et son nez se remplit d'un parfum de soleil, d'agrumes et d'herbe fraîche. Il n'aurait jamais imaginé qu'une telle odeur existe avant elle, et pourtant, elle était là, chaleureuse et enivrante. Elle incarnait le printemps, la vie et…

Ses pieds quittèrent le sol, le battement de ses ailes provoquant un doux *flap flap* dans l'air autour de lui. Charlie atterrit avec un léger bruit sourd et le relâcha à l'entrée.

Il rajusta son T-shirt.

— Euh, merci.

Elle hocha la tête, puis suivit son oncle dans le cottage. Des enfants ailés s'agitaient comme des abeilles dans une ruche. Il resta bouche bée devant leurs peaux aux teintes multiples. Pas des couleurs de peau humaines, non. De vraies couleurs – lavande, rose, vert, safran – tout l'arc-en-ciel. Il éclata de rire devant l'absurdité magnifique de la scène. Ça ne pouvait pas être réel.

— Tante Charlie !

Une demi-douzaine de petites fées se précipitèrent dans ses bras, et Liam se surprit à sourire en la voyant soulever la plus petite pour la faire tournoyer.

— Tu nous as manqué ! s'exclamèrent-elles en chœur.

— Vous aussi, vous m'avez manqué.

— Tu viens nous garder ? demanda une fillette ailée à la peau turquoise, sautillant sur la pointe des pieds tout en s'accrochant à son bras.

— Pas aujourd'hui, Nig.

Elle embrassa tendrement sa tête, et Liam sentit une chaleur familière se contracter douloureusement dans sa poitrine. Cela lui évoquait la famille, une notion devenue si lointaine ces dernières années.

— Qui est l'invité de ma nièce ?

Une fée adulte entra, sa couleur plus profonde que les autres. Elle aurait pu passer pour une femme noire parmi les humains, si l'on oubliait les ailes dorées de papillon qui s'ouvraient dans son dos.

— Voici mon ami Liam, dit Charlotte.

Sylas s'approcha de la femme et l'embrassa franchement sur la bouche.

— Liam, voici ma compagne, Dianthe. Elle connaît la forêt empyréenne mieux que n'importe quel être vivant. Elle va t'aider.

Après le regard que Sylas lui avait lancé plus tôt, Liam s'abstint de tendre la main et se contenta d'un signe de tête respectueux.

— J'apprécierai beaucoup cette aide.

— C'est qui, maman ? demanda la petite fée turquoise, après avoir quitté Charlotte pour se planter devant lui.

Ses immenses yeux verts clignaient de curiosité.

— C'est un humain comme l'oncle Nick, Nigella, expliqua Dianthe.

— Oh. Il a l'air idiot et il sent bizarre.

— Nigella ! Ce n'est pas gentil, la gronda Charlotte, et Dianthe et Sylas manifestèrent leur désapprobation.

— Mais sa bouche est grande ouverte ! protesta Nigella en pointant son doigt vers lui.

Liam referma délibérément sa bouche, qui s'était effectivement ouverte, et se redressa en essayant de garder contenance.

— Il s'habitue. Il n'a jamais vu de fées auparavant, dit Charlotte.

Réagissant vite, il s'éclaircit la gorge et lança :

— Nigella, tu pourrais peut-être m'apprendre quelque chose sur les fées. Qu'est-ce que tu préfères faire quand tu as du temps libre ?

— J'aime récolter le pollen des soleilliers dans le champ Solaris, lui confia-t-elle avec enthousiasme.

— Oh, ça a l'air amusant.

Il n'avait pas la moindre idée de ce que ça impliquait, mais il garda une voix légère pour demander :

— Et qu'est-ce que tu en fais, une fois récolté ?

Nigella renversa sa tête en arrière et lui offrit un large sourire sans ses deux dents de devant.

— On le mange, banane !

La main de Sylas se posa sur la tête de Nigella.

— Ça suffit. Va ranger ta chambre. C'est un vrai chantier là-dedans.

L'enfant s'envola aussitôt vers le fond du cottage.

— Désolé. À cet âge, ils n'ont aucun filtre.

Liam laissa échapper un rire éraillé.

— Ma sœur a trente-six ans et elle n'en a toujours pas.

Heureusement, Sylas sembla saisir la blague puisqu'il éclata de rire aussi.

— J'ai une sœur comme ça.

— Rowan, souffla Liam.

— Tu la connais ?

— Pas personnellement. Charlotte m'en parlait dans la calèche.

La pièce entière se figea, et Dianthe lança un regard à l'ange à ses côtés, un petit sourire crispé aux lèvres.

— Oh… *Charlotte* t'a parlé d'elle, c'est ça ?

Liam se retourna et vit son amie rougir à en devenir écarlate. Il n'avait pas voulu l'embarrasser en l'appelant par son prénom complet. C'était juste que cela lui convenait mieux. Charlie sonnait jeune et simple. L'ange devant lui était bien plus que cela. Elle méritait un prénom sophistiqué. Bon sang, ce rouge aux joues faisait des ravages dans son ventre. Il détourna vite les yeux avant que son corps ne traduise le frisson brut qui s'était invité dans ses veines.

— J'ai entendu dire que tu cherchais un arbre à feuillage persistant, dit Dianthe pour briser la tension.

— Oui, répondit-il en s'efforçant d'adopter une allure assurée et professionnelle.

Il pouvait gérer ça. Il devait gérer ça.

— Normalement, un sapin de Noël est un conifère triangulaire, c'est-à-dire…

— Je sais ce que signifie conifère ! répliqua Dianthe, un brin vexée. Je suis une fée. Nous connaissons nos arbres comme nos propres membres, et nous avons des spécimens de ton monde grâce à nos amis de la Terre. Viens, je crois savoir ce que tu cherches.

Sylas attrapa un enfant au vol et le jeta sur son épaule, où il gigota en riant.

— Je nourris la troupe pendant votre absence.

— Il y a des gâteaux au miel dans la cuisine, ajouta Dianthe.

Des cris de joie fusèrent de tous côtés, et des enfants ailés que Liam n'avait pas encore remarqués surgirent pour filer vers la pièce voisine.

— On revient vite. Ça ne devrait pas être long, dit Dianthe en s'élançant déjà dans les airs.

— Accroche-toi bien, murmura Charlotte à son oreille.

Collée contre son dos, sa présence fit naître une pulsation troublante en lui.

— Ma tante vole aussi vite qu'un colibri.

— On va… ?

Elle l'enserra par-derrière et bondit du perron. Son estomac se renversa brutalement tandis qu'elle fonçait dans le sillage de sa tante, zigzaguant entre les arbres.

Il s'agrippa à elle, ses pieds frôlant dangereusement un séquoia alors qu'il pédalait dans le vide.

— Hé ! J'aimerais bien repartir d'ici un jour avec tous mes membres.

Elle éclata de rire contre son oreille.

— Désolée. Je ne suis pas habituée à transporter quelqu'un d'aussi grand et lourd que toi.

Dieu merci. Il dépassait Charlotte d'un petit pouce, mais difficile de ne pas se sentir un peu rabaissé quand une femme au corps aussi gracieux et élancé qu'un violon pouvait vous soulever comme un jouet d'enfant. Liam était pourtant un athlète qui avait passé des mois à effectuer des travaux éreintants dans l'Arctique et qui, par rapport à la plupart de ses congénères, avait une belle carrure. Même s'il ne comprenait pas bien pourquoi ça comptait autant pour lui, il était quand même soulagé qu'elle l'ait remarqué.

Heureusement, ils n'eurent pas à patienter longtemps avant que Dianthe atterrisse dans un bosquet de conifères, au bord d'un lac si bleu qu'il paraissait irréel. Était-il vraiment au cœur d'un conte de fées ? Quand ses pieds foulèrent l'épais tapis d'aiguilles sèches, l'odeur intense de pin emplit ses poumons.

— Mon Dieu, il n'existe aucun endroit comme celui-ci sur Terre.

— Tu n'es pas sur Terre, répondit Dianthe avec un sourire. Est-ce que tu vois quelque chose qui ressemble à ton arbre de Noël ?

Il s'approcha d'un if et caressa les branches du bout des doigts.

— On peut en couper quelques morceaux pour les décorations. Les humains les suspendent au-dessus des portes.

Dianthe décrocha de sa ceinture un sac et une paire de cisailles qu'elle tendit à Charlotte, qui récolta ce qu'il demandait. Plus loin, il tomba sur un houx dont les feuilles brillantes et les baies rouges semblaient plus éclatantes que tout ce qu'il avait vu depuis longtemps.

— Et ça aussi.

D'autres feuillages vinrent remplir le sac. Comme il ne savait pas vraiment quelle taille avait la pièce que Charlotte voulait orner, il était difficile d'estimer la quantité nécessaire, mais il chassa aussitôt cette pensée. Après tout, qu'importe que ce soit parfait ? Personne ici ne connaissait l'aspect attendu d'une telle décoration à part lui.

Il flâna parmi les rangées d'arbres : pins, sapins, et ce qu'il croyait être une variété de genévriers bordaient le chemin, accompagnés d'autres conifères qu'il ne reconnaissait pas du tout. Il prit son temps, inspectant chaque espèce et en mémorisant les détails. Il en oublia presque ce qu'il cherchait, jusqu'à ce qu'un épicéa parfaitement proportionné apparaisse devant lui, l'arrêtant net. Si un arbre de Noël idéal avait jamais existé, c'était bien celui-là. La hauteur parfaite, la largeur idéale. D'une densité impeccable tout autour.

— C'est celui-là ? C'est ça, un arbre de Noël ? demanda Charlotte.

Il poussa un soupir, sentant une lourde pression naître dans sa poitrine. Ses oncles l'avaient prévenu de ne pas contrarier l'ange qu'il était censé aider, mais il craignait de ne pas avoir le choix et de la décevoir aujourd'hui.

— Oui, c'en est un, mais… Je suis désolé, Charlotte, on ne peut pas l'utiliser.

Ses sourcils se froncèrent, et Liam dut se retenir d'embrasser l'espace entre ses deux yeux bleus. Qu'est-ce qui n'allait pas chez lui ? Se raclant la gorge, il dit la vérité.

— Cet arbre est parfait, mais pour le ramener au palais, il faudrait l'abattre. Ce serait un crime de le tuer. Non seulement il semble être le seul épicéa de ce bois, mais il a encore une longue vie devant lui ici. Je refuse d'être complice de ça juste pour une fête. Crois-moi, c'est une tradition humaine qu'il vaut mieux ne pas importer sur cette planète.

Il se renversa légèrement sur ses talons, espérant qu'elle laisserait tomber.

Derrière lui, Dianthe éclata de rire.

— C'est donc ça qui t'inquiète ? Charlie, ramène ton humain au palais. L'arbre sera livré demain après-midi.

— Oh, ça jamais !

Sa mâchoire se contracta.

— Vous ne *pouvez* pas le tuer. S'il en faut absolument un, je construirai un faux arbre avec des branches coupées. Abattre celui-ci serait criminel.

Dianthe s'éloigna en secouant la tête.

— Contente de t'avoir revue, Charlie. Passe le bonjour à tout le monde au palais.

Elles s'adressèrent un signe d'adieu tandis que la colère de Liam bouillonnait dans sa poitrine.

Quand Charlotte se retourna vers lui, son sourire s'était effacé.

— Elle ne le tuera pas, Liam ! Fais-moi confiance. Aucun arbre ne mourra pour cette fête.

Il la regarda d'un air sombre.

— Tu le jures ?

Ce n'est pas le genre de choses qu'il demandait à ses potes, mais ici, ça ressemblait à un monde où les serments et les promesses comptaient.

Charlotte glissa sa main dans la sienne et commença à le tirer derrière elle.

— Je te le jure. Crois-moi, si les fées ne coupent pas les arbres pour construire leurs maisons, elles ne les couperont pas pour une fête au palais.

— Mais alors, comment… ?

Son regard croisa le sien et ne le lâcha pas, son sourcil se haussant légèrement.

— Fais-moi confiance.

Étrange. Perdu dans ses yeux d'un bleu insondable, il lui faisait confiance. Une chaleur s'étendit dans son torse jusqu'à ce qu'il réalise qu'il flirtait dangereusement avec des sentiments. Il cligna des yeux pour chasser cette sensation importune et poussa un soupir de soulagement en sentant le bouclier de glace, celui qu'il utilisait pour protéger son cœur, reprendre sa place. Mais bon sang, qu'est-ce qui clochait chez lui ? Plus sèchement qu'il ne l'aurait voulu, il lâcha :

— Très bien, fit-il avant de marcher vers la calèche, brisant le charme qu'elle exerçait sur lui.

CHAPITRE 7

Les deux lunes de Paragon venaient tout juste de pointer au-dessus de l'horizon quand Charlie remonta dans la calèche pour rentrer. Liam était déjà à l'intérieur, après avoir filé devant elle d'un pas furieux. Elle respectait son refus d'abattre un arbre, mais le contraste entre cette conviction et son caractère bourru la laissait songeuse. Comme il était plus grand que la moyenne des humains et qu'il était vraisemblablement assez coriace pour affronter l'un des environnements les plus dangereux de la Terre, il était logique que sa nature soit un peu brute et pas très polie. Elle supposait qu'il n'avait pas tant de monde à qui parler dans son métier, au fond. Mais sa mauvaise humeur perpétuelle commençait sérieusement à l'agacer.

Eh bien, il ne resterait pas là éternellement. Elle le ramènerait sur Terre dans quelques jours et elle n'aurait plus à composer avec ce nuage gris qui lui servait de personnalité. Et pourquoi cette perspective si rationnelle lui pesait-elle autant sur le cœur ?

— Quelque chose ne va pas ? demanda-t-elle une fois assise en face de lui, la calèche déjà en mouvement.

Le visage impassible, il croisa son regard.

— Non.

Elle attendit, mais il n'ajouta rien. Pinçant les lèvres, elle se trémoussa sur son siège, refusant de laisser son attitude de trouble-fête ruiner son enthousiasme. Ils avaient trouvé un arbre ! Elle avançait à grands pas vers une fête qui tiendrait enfin la route. Se redressant, elle afficha un grand sourire et demanda d'un ton enjoué :

— Qu'est-ce qu'on fait après l'arbre ?

Faisant craquer sa nuque, il répondit :

— Il faudra le décorer. Des guirlandes lumineuses et des boules de verre multicolores en général, mais tout ce qui brille fera l'affaire.

S'il y avait bien une chose qui ne manquait pas à Paragon, c'était ce qui scintille.

— J'ai quelques idées. Et après ?

Il renifla, la mâchoire serrée comme s'il devait vraiment réfléchir à la question.

— Des biscuits.

— Je réserverai la cuisine demain et tu me montreras comment les faire.

Il hocha la tête, sa bouche se plissant dans une expression inquiète.

— Il faudra… euh… que j'essaie de me souvenir de la recette. D'ordinaire, je l'ai sous les yeux.

— On s'en sortira, j'en suis sûre. Après les biscuits ?

— Les cadeaux. D'ordinaire, on choisit une petite attention pour chacun de ses proches et on l'emballe dans un papier très coloré.

— Oh, les cadeaux, on gère très bien à Paragon. Cette partie sera facile.

Elle eut un sourire franc.

Il ne lui rendit pas son sourire, la fixa puis poussa un soupir avant d'ajouter d'une voix plate :

— Ensuite, il s'agit juste de décider du menu. Moi, je fais souvent du jambon. Mes parents, eux, c'est plutôt homard ou côte de bœuf.

— Tu ne passes pas Noël avec tes parents ?

— Seulement si je n'ai pas le choix, et seulement le temps d'honorer mes obligations.

Obligations. Charlie le plaignit pour ça. Même quand ils n'étaient pas d'accord, elle n'avait jamais ressenti la présence de ses parents comme une obligation. Était-il vraiment un fils peu ou pas aimé ?

— Qu'est-ce qui s'est exactement passé entre vous ? demanda-t-elle doucement. J'ai senti tout à l'heure qu'il y avait plus dans ton histoire.

Il ricana.

— Comme je l'ai dit, on n'a simplement pas les mêmes valeurs. Ils voulaient que je rentre dans le rang chez Morrismart et j'ai refusé. J'essaie désormais de les éviter autant que possible.

L'expression de Liam s'assombrit au moment précis où un cahot agita la calèche, qui s'immobilisa.

— C'est encore le poste-frontière ?

Elle secoua la tête.

— Après le coucher du soleil, on n'est pas censés s'arrêter.

Charlie écarta les rideaux pour jeter un œil par la fenêtre puis leva les yeux au ciel. Ils étaient bien à Nochtbend, mais ce n'était pas le poste de contrôle qui les arrêtait.

La portière s'ouvrit à la volée, et un vampire, avec des

cheveux couleur blé mûr et des yeux si pâles qu'ils luisaient comme des diamants dans la nuit, se dressa à l'extérieur de la calèche. Elle grogna intérieurement. C'était le prince Cassius, son ex-petit ami et le nouveau second de maître Demidicus. C'était aussi le vampire avec lequel elle avait perdu sa virginité. Ses joues chauffèrent à ce souvenir trop vif. Ils s'étaient quittés en bons termes, mais c'était la dernière personne qu'elle avait envie de voir ce soir.

— Cassius, le salua-t-elle en inclinant légèrement la tête dans sa direction.

— Princesse Charlie, dit-il d'un ton fanfaron. Tu n'allais quand même pas traverser Nochtbend sans me rendre visite, n'est-ce pas ?

Elle joignit les mains devant elle.

— Toutes mes excuses. Nous sommes attendus au palais dans l'heure. J'ai bien peur de ne pas avoir le temps de rendre visite.

De longs doigts se tendirent vers elle dans la calèche, ses ongles trop longs et acérés miroitant au clair de lune.

— Balivernes. Viens, ma chère. Nous avons un feu pas loin. Accorde une visite à ton vieil ami.

Le regard de Charlie glissa vers Liam. Jusqu'à cet instant, Cassius n'avait pas semblé remarquer la présence de l'humain – trop absorbé qu'il était par Charlie. Mais quand ses yeux à elle bougèrent, l'attention de Cassius suivit. Il huma l'air et se tourna vers son invité.

— Que voilà ?

Les yeux de Cassius s'enflammèrent de curiosité.

— Cassius, voici Liam. C'est un invité du palais. *Mon* invité.

En appuyant sur ces derniers mots, Charlie espérait faire comprendre à Cassius que Liam était sous sa protection, ce qui signifiait, en langage vampire, qu'il lui faudrait garder sous contrôle la lueur de faim qu'elle lisait dans ses prunelles. Ce n'était pas un mauvais vampire, et Charlie ne s'était jamais sentie en danger près de lui, mais n'importe quel vampire pouvait se montrer imprévisible. Ses parents le lui avaient appris.

— Liam, ça ne te dérange pas de retarder un peu ton trajet pour renforcer nos relations diplomatiques, n'est-ce pas ? dit Cassius avec un large sourire.

Le visage de Liam restait noyé dans l'ombre, mais il se pencha dans le rayon de clair de lune qui entrait par la portière ouverte, semblant remplir la calèche de l'ampleur de ses épaules. Il ne rendit pas le sourire de Cassius et répondit :

— Il me semble que Charlotte vient de dire qu'on devait rentrer directement au palais.

Cassius ricana.

— Ah, mais c'était avant que le royaume de Nochtbend n'adresse une invitation à la princesse de Paragon. Il serait très malvenu de refuser maintenant.

Liam lança un regard noir à Cassius, sans quitter le visage du vampire des yeux, et demanda :

— C'est vrai, Charlotte ?

Cassius se tourna de nouveau vers Charlie, son sourire redoublant d'ardeur, dévoilant beaucoup trop de dents.

— S'il te plaît, *Charlotte*, pour les vieux souvenirs. La moitié de la cour est autour du feu. Ils ont vu la calèche royale. Fais ton devoir et viens dire bonsoir.

Elle soupira. Décliner l'invitation maintenant qu'il avait sous-entendu que le groupe était composé de dignitaires de Nochtbend pouvait passer pour une offense politique. Elle posa la main sur celle de Liam.

— Je devrais y aller. Tu peux attendre ici si tu préfères.

— Je vais où tu vas, dit-il d'une voix basse et râpeuse, les yeux toujours fixés sur Cassius.

Le vampire recula, les bras grands ouverts.

— Alors soyez les bienvenus, invités. Suivez-moi.

Charlie descendit de la calèche, puis se tourna vers Liam.

— Tu vois dans le noir ?

— Pas sans lunettes de vision nocturne.

— Qu'est-ce que c'est, des lunettes de vision nocturne ?

Il secoua la tête.

— Non. Je ne vois pas dans le noir.

Elle laissa rayonner sa lumière intérieure comme la toute première nuit de leur rencontre et vit ses yeux ambrés papillonner rapidement face à son halo.

— Magnifique, murmura-t-il.

Elle repoussa une mèche derrière son oreille et lui offrit un sourire en coin.

— Merci.

— Par ici, lança Cassius depuis l'obscurité devant eux.

Elle glissa sa main dans celle de Liam et chuchota :

— Reste près de moi. Ça ira.

— J'ai bien l'intention de rester près de toi, que ça aille ou non.

Son expression déjà sombre se fit plus noire encore.

Le crépitement du feu les accueillit un peu plus loin. Cassius n'avait pas menti. Charlie reconnut plusieurs jeunes dignitaires du coven de Nochtbend, blottis contre leurs cavaliers autour des flammes. Tous se levèrent à sa vue et s'inclinèrent, des *Princesse Charlie* filant jusqu'à elle à travers l'obscurité.

Cassius s'assit sur une bûche en face du feu et tapota la place à côté de lui. Il ne semblait pas accompagné ce soir, ce qui l'inquiéta. Elle espérait qu'il ne comptait pas sur elle pour prétendre qu'elle était sa cavalière. Pour rester polie, elle s'y assit mais tira Liam de l'autre côté d'elle, sans lâcher sa main.

— Qu'est-ce qu'on fête ce soir ? demanda-t-elle.

Cassius passa un bras autour de ses épaules, ignorant leurs mains entrelacées. Elle se rapprocha de Liam pour mettre un peu de distance entre elle et le vampire, mais Cassius se pencha encore.

— Metluk et Andromeda se sont officiellement unis ce soir au crépuscule.

Il désigna un couple à leur gauche.

— Nous revenons tout juste du festin de célébration pour jouer aux jeux traditionnels des nouveaux liés.

— Je ne connais pas ce rituel. Quel genre de jeux pratiquez-vous ? demanda-t-elle.

Metluk souleva une coupe posée au sol près de ses pieds.

— En réalité, c'est une chance que tu nous aies rejoints, Charlie. Cassius n'a pas de cavalière, et ce jeu se joue normalement par couples.

Elle se figea. Exactement ce qu'elle redoutait.

— Il n'a toujours pas de cavalière, grogna Liam d'une voix basse, grondant tel un grizzly.

Les autres éclatèrent de rire, mais Charlie sentit Cassius se raidir à ses côtés. Il ne fallait surtout pas l'irriter. La dernière chose qu'elle voulait, c'était mettre Liam en danger. Elle devait détourner Cassius de ce commentaire et de Liam.

— Comment se déroule le jeu ?

Cassius ôta son bras de ses épaules et frappa dans ses mains.

— Ça s'appelle « risque ou ruse ». On fait le tour du feu et chacun choisit d'exécuter un exploit physique ou de raconter une histoire, vraie ou fausse, sur un sujet donné par celui qui pose la question. Si l'histoire est jugée fausse, le joueur doit accomplir l'épreuve physique à la place.

Le reniflement de Liam fendit l'obscurité.

— Comme « action ou vérité ».

— Qu'est-ce que c'est ? demanda Charlie.

— Laisse tomber, marmonna-t-il. Disons qu'ici, les choses ne sont pas si différentes que je l'imaginais.

— Une manche, dit Charlie, et après nous devrons vraiment partir. Mon cocher nous attend.

— Oh, très bien. Si tu insistes. Une manche alors, concéda Cassius. Metluk, tu commences. Je pose la première question.

— Risque ! annonça Metluk, bombant le torse et lançant un clin d'œil à Andromeda.

Cassius jeta un coup d'œil vers Liam, soutenant son regard tandis qu'il disait :

— Mets ta main dans le feu pendant quinze secondes.

Metluk lui fit un doigt d'honneur.

— T'es vraiment un salaud, Cass.

Celui-ci haussa les épaules vers son ami.

— Si tu n'étais pas prêt à relever un défi, il fallait choisir la ruse.

Le vampire grogna mais plongea sa main dans les flammes, fusillant Cassius du regard pendant l'épreuve. Charlie grimaça à l'odeur de poils et de chair brûlés alors que les autres vampires comptaient jusqu'à quinze. Elle fut soulagée quand Metluk retira enfin du feu sa main calcinée. Saisissant la coupe à ses pieds, il en but une longue gorgée. Chacun des vampires avait une coupe semblable, et elle devina qu'elle contenait du sang en voyant son bras cicatriser.

— C'est complètement dingue, marmonna Liam à côté d'elle.

Elle lui serra la main avec douceur.

— Andromeda, risque ou ruse ? demanda Elsa, assise de l'autre côté de Cassius, sa chevelure rouge flamboyant dans la lumière du feu.

— Ruse, répondit-elle.

— Raconte-nous un moment où tu as douté de ta relation avec Metluk.

Elle haussa les épaules, ses crocs s'allongeant tandis qu'elle répliquait sans hésitation :

— Facile. La dernière nuit que j'ai passée avec son cousin et sa compagne. Ce sera difficile d'abandonner le sexe en groupe maintenant que nous sommes liés.

Metluk siffla et la foudroya d'un regard possessif.

— Sa réponse est vraie, déclara Elsa en éclatant de rire.

Vint ensuite le tour de Cassius, qui leva la voix vers Valcrun en annonçant :

— Ruse.

— Lâche ! lança Metluk.

— J'assume, répondit Cassius fièrement.

Valcrun promena son regard sur le cercle. Les ombres du feu dansant sur son visage lui donnaient des allures démoniaques. Un sourire mauvais étira ses lèvres avant qu'il ne demande :

— Quand tu avais la princesse Charlie dans ton lit, comment gérais-tu ses ailes ?

Tous les vampires explosèrent de rire, mais un froid glacial envahit Charlie, tant et si bien qu'il se mit à neiger autour d'elle. Son pouvoir crépita sur sa peau, et ses yeux brûlèrent quand la magie céleste se répandit en elle.

— Ne réponds pas à ça, aboya Liam à Cassius.

— Quoi donc, humain ? ricana Cassius, le sourire carnassier.

Liam se leva, sa carrure dépassant de loin celle de n'importe quel vampire autour du feu.

— J'ai dit ferme ta putain de gueule là-dessus. Ça ne regarde que vous deux.

— Ouh, il est mordant ! fit Valcrun. Très bien. Je retire ma question, ne serait-ce que parce que l'humeur de Charlie pourrait bien éteindre le feu.

Il tendit la main pour attraper un des flocons qu'elle faisait tomber.

Elle inspira profondément et la neige cessa, même si quelques flocons s'étaient déjà accumulés sur les épaules de Liam. Elle tira doucement sur sa main, et il se rassit.

Valcrun s'éclaircit la gorge.

— À la place, tu peux répondre à ça : quelle position vises-tu à la cour de Nochtbend ?

Cassius balaya l'air d'un geste désinvolte.

— Une question trop facile, Valcrun. Tu ramollis. J'aspire à rien de moins que devenir maître, comme la plupart des vampires.

— Vrai, déclara Valcrun. Princesse Charlie, à toi.

— Risque, dit Charlie.

C'était son meilleur choix. Sa magie céleste la rendait pratiquement invulnérable, et elle ne voulait surtout pas qu'on lui demande des détails sur son passé amoureux avec Cassius.

Sabine se trémoussa sur sa bûche, ses yeux perçants les observant, elle et Liam. Après un silence calculé, elle inclina la tête et afficha un sourire malicieux.

— Embrasse ton invité humain.

— Quoi ? souffla Charlie, le rouge lui montant aux joues.

Elle venait tout juste de rencontrer le mortel. Son regard glissa vers Liam. Il fronçait les sourcils, comme toujours. Son visage n'avait pas esquissé un seul sourire depuis son arrivée.

— Embrasse-le, insista Sabine en désignant Liam. Allons, ce n'est qu'un baiser. Tes ailes ne devraient pas gêner.

Nouvelle explosion de rires. Elle posa sur Liam des yeux désolés, et il avait l'air prêt à étriper Sabine.

— Ça ne te dérange pas ? demanda-t-elle doucement. Je ne le ferai pas sans ton accord.

Quand son regard croisa le sien, elle crut voir l'ombre infime d'une excitation. Mais c'était si discret qu'elle n'était pas certaine de ne pas projeter ce qu'elle voulait y lire.

— Ça ne me dérange pas.

Sa réponse fut immédiate, quoique sèche. Sa voix se fit plus douce en ajoutant :

— Fais de ton pire.

Lentement, elle prit son visage entre ses mains et plongea dans ses yeux. Charlie ressentait rarement l'électricité de son sang céleste, mais là, ce fut le cas. C'était comme si le regard de Liam était un hameçon de velours, s'accrochant à quelque chose d'enfoui profondément en elle. L'intensité de la sensation rendait toutes ses anciennes expériences avec les hommes fades et creuses. Son regard glissa sur ses lèvres.

— Ça va, Charlotte, dit doucement Liam. Mais tu n'as pas à le faire si tu n'en as pas envie. Je serai derrière toi si tu refuses.

— J'en ai envie.

Leurs regards s'accrochèrent. Elle se pencha et posa ses lèvres sur les siennes.

Le baiser fut d'abord amical. Une chaleur douce effleura sa bouche close. Il l'embrassa comme elle aurait embrassé sa mère sur la joue. Cela ne dura pas. Sa grande main se posa sur sa tête, et soudain tout devint bien plus intense. Ses lèvres dansèrent avec les siennes, s'ajustant par petites morsures et une succion délicate. La rugosité de sa barbe courte contrastait délicieusement avec la douceur de sa bouche. Et quand sa langue toucha la sienne, un éclair traversa son corps jusqu'à son centre.

Lorsqu'elle reprit conscience de l'endroit où elle était et s'écarta de lui, son souffle devint saccadé. Peu à peu, le monde reprit sa place, et les acclamations ainsi que les sifflements des vampires emplirent ses oreilles. Ses joues chauffèrent et elle détourna les yeux, rompant le lien entre eux. La main de Liam glissa lentement de ses cheveux.

— Je suis satisfaite, déclara Elsa.

Le cercle revint à Metluk, qui toisa Liam comme un maître sermonnant un chien indocile.

— À ton tour. Que choisis-tu, humain ?

CHAPITRE 8

Tout le sang avait quitté la tête de Liam pour affluer droit vers son sexe. Bon sang, il ne se rappelait pas avoir désiré quelqu'un comme il désirait Charlotte à cet instant. Certainement pas Victoria ni aucune de ses anciennes petites amies. Il dut lutter pour reprendre le contrôle de son corps et se tourner de nouveau vers le jeu.

— Que choisis-tu, humain ? demanda celui qui s'était brûlé la main.

Pas question pour lui de tenter ce genre de défi.

— Ruse, dit-il.

Metluk tapota ses doigts contre sa cuisse, son regard oscillant entre Cassius, Charlotte et lui. Liam se prépara à quelque chose de tordu. Ces vampires semblaient se nourrir d'humiliation.

— Quel événement de ta vie te rend le plus coupable ?

Enfoiré. Liam plissa les yeux. Pouvait-il mentir ? Après tout, personne ici ne le connaissait.

— Quoi que tu fasses, dis la vérité, murmura Charlotte à son oreille, son souffle chaud le distrayant de la question. Ils sentent le mensonge. Littéralement.

Quand elle s'écarta, il frotta sa mâchoire, puis posa ses coudes sur ses genoux. Il connaissait la réponse, mais il haïssait cette histoire. S'il avait eu le choix, il aurait partagé un récit moins intime. Pourtant, si ces vampires pouvaient vraiment flairer un mensonge, il préférait dire la vérité que d'affronter un défi risqué. Il réfléchit un instant à la manière de raconter son histoire pour que ce groupe la comprenne.

— Le feu faiblit, dit Cassius avec agacement.

Liam lança un regard acéré dans sa direction, puis commença.

— Il y a quelques années, j'étais Ranger dans l'armée, assigné à une opération spéciale dans une zone en guerre sur mon monde.

— Un Ranger, c'est un type de soldat ? demanda Charlie.

Il hocha la tête.

— Oui. Un soldat d'élite.

Elle lui fit signe de poursuivre.

— Notre mission consistait à détruire un entrepôt qui contenait un produit chimique que nous pensions utilisé pour fabriquer une neurotoxine mortelle dont ils se serviraient contre nos soldats. J'étais le scientifique de l'équipe, formé en biochimie. Tout se déroulait comme prévu jusqu'à notre arrivée sur place. Un membre de notre régiment plaçait les explosifs tout autour du bâtiment tandis que je pénétrais à l'intérieur pour m'assurer qu'aucune substance ne nous tuerait si ça partait en flammes. En ressortant, j'ai aperçu deux adolescents qui jouaient au foot dans un champ voisin, assez loin pour ne pas être blessés par l'explosion mais assez proches pour la sentir passer. Ça m'a paru étrange. On était au beau milieu de la nuit, dans l'obscurité.

Qu'est-ce qu'ils faisaient là ? Je les ai vus comme de simples gamins, et je n'ai pas écouté mon instinct. J'ai rejoint mon équipe sans les signaler. Mon partenaire devait déclencher les explosifs quand je donnerais le feu vert. Avant qu'il puisse appuyer, un ballon de foot lui a frappé le ventre. Il a explosé, lc tuant instantanément. Un autre membre de l'escouade a abattu l'assaillant, et j'ai pu atteindre le détonateur et accomplir la mission. Mais mon ami était mort.

Il balaya le cercle du regard, voyant Charlotte captivée par son récit, ou peut-être horrifiée. Il la fixa en concluant :

— Mon plus grand regret, c'est de ne pas avoir suivi mon instinct et éliminé ces deux adolescents quand j'en avais l'occasion.

Les paupières de Charlotte battirent, une expression indéchiffrable sur son visage. Super. Adieu l'idée de se rapprocher d'elle. Elle devait sûrement le prendre pour un tueur d'enfants. Il gémit intérieurement. Pourquoi ce salaud l'avait-il obligé à révéler son souvenir le plus douloureux ?

— Tu es un guerrier, souffla Charlie, les yeux écarquillés.

Il secoua vivement la tête.

— Plus maintenant. Aujourd'hui je suis juste un scientifique. Je préfère mener mes batailles d'une manière plus pacifique.

Cassius se leva.

— Je n'y crois pas. Tu n'es pas un guerrier.

Liam n'avait pas dit un mot qui ne soit vrai. Il se tourna vers Metluk, attendant qu'il confirme son histoire. L'autre vampire but dans sa coupe et croisa les jambes.

— Je ne sens aucun mensonge, Cassius. Je suis satisfait.

Prends ça, connard. Liam leva les yeux vers Cassius. Le vampire se jeta sur lui trop vite pour qu'il le voie, mais une douleur aiguë dans son cou lui apprit qu'il venait d'être mordu.

Par réflexe, il arma son bras et frappa de sa paume la pomme d'Adam du vampire tout en crochetant sa jambe derrière lui. Il savait que les vampires étaient plus rapides et plus agiles que lui, et ses chances de réussir étaient minces. Par chance, son sang avait dû distraire la créature, car la manœuvre marcha. Cassius bascula dans le feu.

Il se releva en un clin d'œil. Liam se ramassa, prêt à encaisser une attaque. Mais le vampire s'arrêta net à quelques centimètres, comme s'il venait de heurter une paroi de verre. Il fallut un instant à Liam pour comprendre qu'un bouclier de lumière se dressait entre eux… et qu'il venait de Charlotte.

— Il est temps de partir, lança-t-elle sèchement.

— Charlie, dit Cassius. On s'amusait seulement. Des chamailleries entre garçons. Je promets que si tu reviens près du feu, je ne toucherai plus à ton humain.

— Une manche, Cassius. C'est tout ce que je t'avais promis. Maintenant, nous devons vraiment y aller. Transmets mon affection à Demidicus.

Elle fit un signe poli de la main, mais Liam remarqua qu'elle ne baissa son bouclier qu'une fois la calèche atteinte. Les rires lointains des vampires s'évanouirent quand elle ferma la portière sur Nochtbend.

— Par la Montagne, Liam, ça va ?

Sa voix tremblait.

— Oui, je crois.

Il pressa ses doigts sur la plaie de son cou.

— Je suis tellement désolée. Je n'aurais jamais dû te mettre dans cette situation, dit Charlie.

Rien de tout cela n'était sa faute, mais il hocha la tête malgré tout. Quand quelqu'un s'excuse, c'est un cadeau qu'on accepte.

— Ça doit être difficile d'être princesse. J'imagine que tu t'es sentie… obligée.

— Oui.

Elle soupira.

— Je l'étais. Nos relations politiques avec Nochtbend ont souvent été tendues, et Cassius et moi avons eu une histoire. Si j'avais refusé son invitation, j'aurais eu peur qu'il transforme ce refus en une provocation.

— Tu as probablement pris la bonne décision.

— Tu es blessé.

Elle vint s'asseoir à ses côtés et écarta sa main pour poser la sienne sur la morsure. Une lueur en jaillit et emplit la calèche.

— Tu peux me soigner ?

Elle grimaça.

— Pas exactement. Mais je peux refermer la plaie.

— Aïe !

Il s'écarta vivement quand une douleur brûlante traversa son cou.

— Voilà. Ça ne saigne plus.

— Parce que tu as cautérisé !

Il grimaça, les doigts effleurant la brûlure.

— Je te donnerai une pommade de Maiara en rentrant au palais. Elle t'arrangera ça.

— Maiara, c'est la compagne d'Alexander ?

Il commençait à comprendre la dynamique familiale.

— Oui. Je n'arrive pas à croire que tu t'en sois souvenu. Je pense qu'il ne l'a dit qu'une fois.

Il frotta son cou endolori.

— Beaucoup de choses dans ce voyage sont gravées dans ma mémoire.

Le silence retomba dans la calèche, et Liam s'adossa, soudain épuisé. Quelle journée interminable.

— Merci d'avoir pris ma défense tout à l'heure, quand Valcrun a parlé de mes ailes.

Il ne voyait pas son visage dans l'ombre, mais sa voix trahissait une sincère gratitude.

— Ce que tu fais de tes ailes au lit ne regarde personne. C'était une question déplacée. Toute cette mascarade… Ce type, Cassius, cherchait juste à te provoquer. Je ne sais pas ce qui s'est passé entre vous, mais ce n'est pas un ami.

Le siège craqua quand elle bougea.

— Nous avons été ensemble un temps. Je suis la princesse de Paragon. On attend de moi que je me marie un jour, et je suis régulièrement courtisée par des dignitaires d'autres royaumes. La plupart de ces rencontres ne deviennent jamais des relations. Très peu montrent un véritable intérêt une fois qu'on se rencontre en vrai.

— Pourquoi pas ?

— Ce n'est pas évident ?

— Pas pour moi.

— Je suis un ange. La seule. Une anomalie totale de la nature.

— Moi, je te trouve magnifique. Plus que ça. Éblouissante.

Il se pencha jusqu'à ce que la lueur de la lune éclaire son visage.

— Laisse-moi te voir, princesse.

Son souffle se coupa quand elle obéit, rayonnant dans le petit espace. Il tendit la main et enroula une mèche de ses cheveux platine autour de son doigt, soutenant son regard. Il fut tenté de se pencher pour l'embrasser encore, mais elle détourna la tête.

— Il y a une autre raison pour laquelle je fréquente si peu de gars, quelque chose dont personne ne parle jamais, mais que je soupçonne d'être la véritable cause pour laquelle je ne trouve pas de compagnon.

— Quoi donc ?

Comme elle hésitait, il ajouta :

— Tu peux tout me dire. Je ne viens même pas de ce monde, tu te souviens ? Je ne vais pas te juger.

— Il existait une légende à mon sujet avant même ma naissance.

— Une *légende*. Quoi, comme s'ils chantaient déjà des chansons pour annoncer ta venue ?

La blessure à son cou commençait à le démanger, et il la gratta doucement.

— Oui, en fait. Avant mes parents, il était interdit aux dragons de s'unir avec des sorcières. Tout le monde à Ouros savait que si deux êtres de ces lignées avaient un enfant, il serait un monstre. On y a cru pendant des siècles. Les habitants ont peur de moi, à cause du folklore de notre royaume. Depuis, ils m'ont acceptée, mais il reste toujours une peur sous-jacente. Je pense que Cassius, en tant que vampire, a été attiré par ça. J'étais un défi pour lui, un pari à relever. Voilà pourquoi... eh bien, une fois qu'il a eu ce qu'il voulait, il a perdu tout intérêt.

— Cassius est un idiot. Et tu sais quoi ? Je pense qu'il a compris ce qu'il avait perdu ce soir, parce que s'il y a une chose qu'un homme remarque facilement chez un autre, peu importe son espèce, c'est la jalousie.

Elle sourit dans l'obscurité.

— Tu es vraiment gentil.

Liam n'était pas du genre à jouer ni à mentir pour obtenir ce qu'il voulait.

— Je suis gentil parce que je t'apprécie sincèrement, Charlotte, et après ce baiser qu'on a partagé, j'ai bien du mal à détacher mes yeux de toi.

Sa respiration s'accéléra et elle se laissa retomber contre le siège, éteignant sa lueur pour replonger dans l'ombre.

La calèche s'arrêta.

— Nous sommes arrivés, dit-elle.

Il tendit la main pour ouvrir la portière à sa place.

— Tu n'as pas besoin de le faire, Liam.

— J'étais plus près de la portière. C'est juste de la politesse.

— Non. Je veux dire que tu n'as pas besoin de détourner tes yeux de moi.

Liam déglutit avec peine. Bon sang, il était fichu.

CHAPITRE 9

Charlie crut apercevoir l'ombre d'un sourire adoucir les traits de Liam, mais il disparut avant qu'elle en soit certaine. Il ouvrit la porte, et ils descendirent sur l'allée éclairée qui menait au palais. Le sourire de Liam et l'humeur légère s'étaient envolés. Il la toisait, le visage impassible. Que n'aurait-elle pas donné pour savoir à quoi il pensait !

— Je devrais t'emmener voir Maiara pour cette morsure, décida-t-elle, rompant le silence en prenant la direction du palais.

Il tourna brusquement la tête.

— Ça va. C'est déjà en train de guérir.

— Laisse-moi au moins mettre un peu de pommade dessus. J'en ai dans ma chambre, dit-elle par-dessus son épaule.

— D'accord.

Ses yeux glissèrent vers les siens et elle revit ce qu'elle avait cru percevoir : la douceur, la lueur d'un sourire. Oh, son cœur battit plus fort. Elle se demanda à quoi il ressemblerait s'il riait franchement.

Elle le guida dans les couloirs du palais jusqu'à ses appartements. Son espace privé au palais Obsidienne se composait de trois grandes pièces reliées par un salon commun avec une kitchenette. Deux étaient des chambres avec coin salon et balcon. La troisième était sa salle de rituels, remplie de livres, d'herbes et de cristaux pour ses expérimentations magiques. Ce soir, les couloirs étaient vides, ce qui l'arrangeait : elle ne voulait pas qu'un de ses oncles l'interroge à nouveau sur l'endroit où dormait Liam. Elle ne voulait pas penser à eux du tout tandis qu'elle le faisait entrer dans le salon et lui montrait sa chambre et la salle de bains attenante.

Liam ne resterait que quelques jours. Dès qu'il l'aurait aidée à préparer la fête, il voudrait repartir dans son monde et sa vie. Elle savait qu'il ne pourrait jamais rien y avoir de concret ni de durable entre eux, et c'était acceptable. Elle n'avait aucune attente. Mais elle était attirée par lui, bien plus que par Cassius. Quand elle regardait Liam, elle ressentait ce qu'une femme est censée ressentir pour un homme, des choses qu'elle n'avait que rarement éprouvées et jamais avec autant de force. Elle n'était pas certaine de savoir où cela pouvait mener, seulement qu'elle savourait chaque instant.

Elle fouilla dans un tiroir pour attraper la pommade et se retourna.

— Ne bouge pas. Ça risque de piquer.

Il recula, s'éloignant vers la porte.

— Piquer ? Qu'est-ce que c'est ?

— Juste une pommade. Des herbes, des huiles, sans doute quelques eaux de guérison.

Ses yeux se plissèrent.

— Si ça guérit, pourquoi ça piquerait ?

Elle rit doucement et lui lança un regard incrédule.

— Liam, tu aurais peur d'une pommade ?

Il fronça les sourcils.

— Je n'ai jamais dit ça.

— Tu n'as pas besoin de le dire. Tu es quasiment en train de fuir la pièce.

— Je n'ai pas peur de la pommade, dit-il d'un ton agacé.

— Alors laisse-moi t'en mettre.

Elle dévissa le capuchon et en prit un peu sur le doigt, mais lorsqu'elle approcha sa main, il recula encore et encore jusqu'à se retrouver dans sa chambre.

— Non.

Elle éclata de rire en le voyant fixer la pommade parfumée comme si c'était du crottin.

— Non ?

— Comment sais-tu que c'est sans danger pour les humains ?

— Parce que ma mère et ma tante l'utilisent et elles sont humaines.

— Je croyais que ta mère était une sorcière.

— Eh bien oui. Mais elle est aussi humaine. Une humaine immortelle, mais humaine quand même.

La grimace de Liam s'assombrit encore.

— Non. Ça guérira tout seul.

Ses épaules s'affaissèrent.

— Les morsures de vampires sont crasseuses, protesta Charlie. Ça pourrait s'infecter.

— Je prendrai le risque.

Charlie posa une main sur sa hanche et fonça vers lui. Il recula jusqu'à heurter le dossier du sofa, puis s'arrêta. Elle ne s'arrêta pas avant que son visage soit à quelques centimètres du sien.

— Par la Montagne, tu es pire que mes neveux ! Sois un

homme et laisse-moi soigner ta plaie, espèce de poulain d'orage têtu !

Il la fixa, les coins de sa bouche frémissant avant qu'un sourire n'éclaire enfin ses traits sombres, montant jusqu'à ses yeux.

— Poulain d'orage têtu ?

Même si son cœur s'emballa devant ce sourire, elle refusa de se laisser distraire par sa magie. Rapidement, elle plaqua ses doigts sur son cou, étalant la pommade sur la morsure.

— Aïe.

Il grimaça, le sourire s'effaçant.

Elle se pencha et souffla doucement sur la pommade, apaisant la brûlure. Était-ce encore douloureux ? Elle n'en était pas sûre, mais au moins il était distrait. Elle le surprit en train de la regarder intensément du coin de l'œil.

— Mieux ?

Il leva une main pour frôler la plaie.

— Oui.

— Bien.

Refermant le pot, elle reprit là où le sourire de Liam lui avait échappé.

— À Paragon, un poulain d'orage est un cheval de montagne si jeune qu'il a peur du tonnerre. J'imagine que tu comprends ce que veut dire *têtu*.

— Oui, on l'utilise aussi.

Ses lèvres étaient terriblement proches. Elle se surprit à les scruter. Le souvenir du baiser qu'ils avaient partagé autour du feu à Nochtbend fit battre son cœur comme si elle avait volé des kilomètres.

— Je devrais couvrir ça avec un pansement pour éviter d'en mettre partout.

Elle s'écarta et retourna vers la salle de bains.

Il la suivit, une lueur joueuse et presque prédatrice dans les yeux. Elle en était certaine à présent : Liam la regardait comme un homme regarde une femme qu'il désire, et cette idée faisait chanter son sang. Le dévisageant, elle pressa une compresse sur la plaie et la fixa avec du sparadrap, inspirant à pleins poumons l'odeur d'eucalyptus de la pommade et celle, enivrante, masculine, de l'homme.

Ses mains étaient encore posées sur lui quand il demanda d'une voix grave :

— Tu pensais vraiment ce que tu as dit dans la calèche ?

Si proche. Son souffle effleurait son visage. Elle soutint son regard, savourant l'étincelle que ce regard brûlant faisait naître en elle.

— À propos de te donner la permission de me regarder ? Oui, je le pensais.

Son visage reprit cette expression grognonne et ombrageuse, et elle se demanda si elle l'avait mis en colère.

— Je n'aime pas jouer, Charlotte. Tu es belle. D'une beauté à couper le souffle. Mais je ne viens pas d'ici, et tu sais que je ne peux pas rester. Si je… te regarde comme j'en ai envie… je… je ne veux pas que tu regrettes plus tard. Et je refuse que tes oncles apprennent quoi que ce soit si tu changes d'avis sur ce qui pourrait se passer entre nous.

La franchise de ses mots la toucha, même si elle la rendait un peu triste. D'un côté, elle comprenait sa position. Il la voulait, tout autant qu'elle le voulait. Mais c'était triste de voir leur histoire définie comme une transaction, avec une fin écrite avant même de commencer. Elle se détourna et commença à se laver les mains pour qu'il ne voie pas la déception absurde qui lui serrait le cœur.

— J'ai parfaitement conscience de notre situation. Si je te donne la permission, je la donne. Ça ne regarde que nous.

Elle se sécha les mains et se retourna vers lui, la tension entre eux si vive que l'air en crépitait. Au fil des secondes, comme il se contentait de la regarder, son moral s'effondra. Elle se demanda ce qui clochait : ses ailes, son empressement, son aveu que peu d'hommes s'intéressaient à elle à Paragon. Pourquoi ne la touchait-il pas ? Pourquoi ne l'embrassait-il pas comme avant ? Il ne faisait que la dévisager, comme si elle était une énigme à résoudre. Finalement, cela la mit mal à l'aise et elle dut bouger.

Avec un profond soupir, elle le contourna.

— Il est tard. Laisse-moi te montrer ta chambre.

— OK, marmonna-t-il en la suivant à travers le salon jusqu'à la porte de la chambre d'amis.

Elle l'ouvrit et entra.

— Il y a des couvertures et des serviettes en plus dans l'armoire. Tout ce dont tu pourrais avoir besoin est dans le meuble de la salle de bains.

Il entra derrière elle et referma la porte, s'adossant contre le battant.

Elle se tourna.

— Qu'est-ce que tu fais ?

— Tu m'as donné la permission de te regarder. Est-ce que je peux aussi te toucher ?

Elle inclina la tête.

— Oui. C'est pour ça que tu n'as pas… ?

— On ne se connaît que depuis un jour, Charlotte. J'essayais de suivre ton rythme.

Il se détacha de la porte et s'avança vers elle d'un pas de prédateur.

— Tu es très difficile à lire.

Elle rit doucement.

— Je ne suis pas de celles qui boudent en permanence.

Les yeux de Liam s'assombrirent, orageux.

— Moi non plus. Tu ne me connais pas encore assez pour déchiffrer mes humeurs.

Elle arqua un sourcil.

— Ah non ? Très bien, montre-moi ce que tu ressens maintenant.

Il déglutit, ses yeux prenant l'intensité voilée d'un homme consumé par le désir. Une chaleur brûlante s'alluma au creux de son ventre.

— Est-ce que je boude, là ?

— Non.

Il s'approcha encore, ses mains prenant sa taille. Sa langue effleura sa lèvre inférieure.

— Tu peux deviner ce que signifie cette expression, Charlotte ?

Elle humidifia ses lèvres, soudain essoufflée sous son contact.

— La faim.

Un nouveau sourire, plus sombre, carnassier.

— Je crois qu'on a commencé quelque chose près de ce feu ce soir, et qu'il faut aller au bout.

Sa grande main se leva, ses doigts glissant dans ses cheveux, tirant doucement son cuir chevelu jusqu'à ce qu'elle renverse la tête en arrière en laissant échapper un souffle. Ce son sembla déclencher un feu en lui. Sa bouche captura la sienne, engloutissant ce petit soupir, l'avalant tout entier. Elle se blottit contre lui.

Il ne fut pas tendre dans ce baiser, et elle adorait ça. Elle était immortelle, assez puissante pour lui faire mal si elle le voulait. Il en avait eu la preuve ce soir. Et peut-être que c'était pour cela qu'il la serrait si fort, presque désespérément. Elle mordilla sa lèvre inférieure et il grogna, changeant l'angle de son baiser. Sa langue s'invita, jouant avec la sienne, réveillant une sensation enfouie à chaque mouvement.

Elle s'appuya davantage sur lui. Il la fit pivoter jusqu'à ce que son dos et ses ailes cognent contre le mur. Écartant un peu plus ses pieds, elle l'attira à elle pour qu'il se cale entre ses genoux pliés. Son corps s'étendait contre le sien, son érection dure et longue pressée pile à l'endroit le plus sensible entre ses jambes. Elle remua les hanches, se frottant à lui. Par la Montagne, il était énorme. Elle se demanda à quoi ressemblait un humain à cet endroit, si son sexe était aussi large qu'il paraissait. Quelle sensation ce serait en elle. Dans sa main. Dans sa bouche. Ou la prenant avec force encore et encore.

Il gémit, se mouvant contre elle. Ses mains agrippèrent sa taille, remontant ensuite le long de ses flancs, ses pouces effleurant les pointes de ses seins sous sa tunique. Un doux gémissement s'échappa de sa gorge, et il l'embrassa encore. Ses mains continuèrent, se faufilant dans son dos jusqu'à la base de ses ailes. Elle soupira sous la caresse. Ses doigts dans ses plumes la poussèrent à se frotter plus ardemment contre lui.

— Mon Dieu, Charlotte, qu'est-ce que tu me fais ? murmura-t-il contre ses lèvres. Je ne peux plus arrêter de te toucher.

Avec douceur, il effleura le contour de ses plumes, suivant l'arrondi extérieur de son aile avant de revenir masser l'endroit où elles rejoignaient son dos.

— C'est incroyable, souffla-t-elle contre sa bouche.

Il continua un instant avant de poser sa main derrière sa nuque et de s'écarter pour la contempler.

Elle glissa ses doigts entre leurs corps vers sa braguette, déboutonnant le premier bouton pour s'aventurer dans son pantalon. Mais il attrapa son poignet, une expression étrange, presque douloureuse, traversant son visage.

— Attends.

— Pourquoi, qu'est-ce qu'il y a ?

Ses yeux fixèrent ses ailes et son sang se glaça à l'idée qu'il puisse la rejeter à cause de ce qu'elle était.

— Il n'existe vraiment personne comme toi, pas vrai ?

— Ni dans ce monde ni dans le tien.

Sa voix se fit dure malgré elle.

— Ça te dérange ?

Il secoua la tête.

— Non, répondit-il d'une voix haletante. C'est juste que ça me rappelle que tu es unique. Je ne peux pas te traiter comme n'importe quelle autre femme, Charlotte.

— Parce que je suis *différente*.

Le dernier mot suinta le dégoût, et elle retira sa main de sa ceinture.

Il se mordilla la lèvre. En descendant sa main le long de son bras, il entrelaça leurs doigts avant de se frotter de nouveau contre elle.

— Oui, tu es différente. Et c'est ça le truc : tu es un cadeau rare et magnifique, et j'ai envie de te savourer. Et je ne peux pas le faire alors que je tiens à peine debout.

Tout à coup, elle remarqua les cernes sous ses yeux et la façon dont il s'appuyait au mur pour tenir.

— Oh.

— Je ne suis qu'un humain.

Bien sûr. Et elle l'avait traîné à travers des dimensions, puis sur la moitié d'Ouros. Il avait aussi perdu du sang, à cause de la morsure.

— Tu devrais te reposer.

Il se rapprocha d'elle, ses narines frémissant comme s'il absorbait son odeur. Sa voix rauque ajouta :

— Ce genre de choses, c'est toujours meilleur quand on apprend à connaître l'autre d'abord. À découvrir ce qu'il aime… ce dont il a besoin.

Elle ne comprit pas exactement ce qu'il voulait dire. Avec Cassius, leurs moments avaient toujours été rapides et laissaient un goût d'inachevé. Mais elle prit la main de Liam et l'emmena vers le lit. Elle tira les couvertures, et il s'y glissa avec un grognement, son corps se relâchant dans le matelas.

Elle commença à se diriger vers la porte quand sa voix résonna.

— Reste.

— Hmm ?

— Reste avec moi, Charlotte.

Il cligna des yeux dans sa direction, la tête sur l'oreiller. Elle retira ses bottes et grimpa à ses côtés. En vérité, elle n'était pas fatiguée. Elle pouvait passer des jours sans dormir. Mais elle aimait être avec lui, et une part d'elle avait envie de l'observer en train de dormir. Elle le surprit encore à regarder ses ailes.

— Je peux utiliser la magie pour les replier en moi si tu veux, proposa-t-elle.

Il grogna, sa grande main s'écrasant lourdement sur sa taille.

— Pourquoi ferais-tu ça ?

— Elles prennent beaucoup de place dans un lit. Ne sois pas surpris si tu te retrouves avec des plumes dans le visage.

Les joues en feu, elle ajouta :

— Enfin, je peux empêcher ça si c'est trop bizarre pour toi.

Avec un rire rocailleux, il l'attira contre lui, ses lèvres effleurant les siennes.

— Ce n'est pas bizarre pour moi. J'aime ça. C'est plus confortable pour toi ?

— Non. Ça me donne juste l'impression d'être à l'étroit. Je ne le fais que si je n'ai pas le choix.

— Alors, garde-les comme elles sont.

Il ferma les yeux, sa tête s'enfonçant plus profondément dans l'oreiller.

Charlotte observa toute la tension qui quittait son visage et ses épaules, son souffle s'apaisant à mesure qu'il sombrait sans effort dans le sommeil.

CHAPITRE 10

Liam s'éveilla au parfum de soleil, d'agrumes et d'herbe tendre, le visage plein de plumes. Il sourit en ouvrant les yeux, une sensation de chaleur et de paix l'envahissant. L'espace d'une seconde, il avait cru qu'elle n'avait été qu'un rêve, mais il n'imaginait pas la chaleur de son corps ni la lumière des deux soleils de Paragon filtrant depuis le balcon.

Appuyant la tête sur sa main, il la contempla. Bon sang, elle était magnifique. Son sexe réagit aussitôt au simple souvenir de leur baiser d'hier soir. Et cela ne le dérangeait pas le moins du monde qu'elle ne soit pas humaine. C'était peut-être même ce qui l'étonnait le plus. D'une certaine manière, elle lui semblait plus logique. Elle était unique, à la fois femme et espèce à part entière. Toutes celles qu'il avait rencontrées avant elle paraissaient banales et ternes en comparaison. Il brûlait de la connaître davantage, de découvrir chaque chose qui la composait.

Ses pensées rattrapèrent son désir et il se renfrogna. Il devait se montrer prudent. Ce qu'il décrivait ressemblait à de vrais sentiments – penser qu'elle était spéciale, vouloir percer ses secrets. Il secoua la tête. Il ne devait pas s'attacher. Tout ça n'était qu'un arrangement temporaire. Il était un explorateur en mission dans l'espace. Un jour ou l'autre, il lui faudrait retourner sur Terre.

Mais ça ne signifiait pas qu'il ne pouvait pas l'explorer, elle, tant qu'il était là. Il se rapprocha, se plaçant entre ses ailes et glissant sa main sous l'une d'elles pour l'étaler sur son ventre.

— Hmm. Bonjour, dit-elle par-dessus son épaule.

— Bonjour.

Il effleura son oreille de ses lèvres en remontant sa main sous son haut, caressant son ventre, puis la saisissant par le sein pour titiller son téton.

Elle le récompensa en frottant ses fesses contre son érection.

Il prit cela comme une invitation à continuer. D'un geste lent et langoureux, il parcourut son torse, la taquinant sous sa ceinture, puis remontant pour malaxer chacun de ses seins et en pincer les pointes. Il adorait la voir se trémousser sous ses caresses.

Après plusieurs gestes prolongés, il s'interrompit, la main étalée sur sa peau.

— Tu n'as pas de nombril.

Elle secoua la tête et lui sourit par-dessus son épaule.

— Les dragons éclosent d'un œuf. Moi aussi.

Il se figea derrière elle. Mais quand son visage s'assombrit, il comprit que sa réaction la blessait. C'était une femme qui avait avoué avoir été rejetée à maintes reprises. Et il était suffisamment à l'aise avec sa virilité pour ne pas ajouter à ses angoisses.

Il la fit rouler sur le dos et se plaça au-dessus d'elle. Ses ailes n'étaient pas un obstacle, repliées sous elle comme une cape de plumes. Il souleva son haut et contempla son ventre dépourvu de nombril.

— Magnifique.

— Vraiment ?

Ses yeux bleus pétillaient en le fixant.

En guise de réponse, il descendit le long de son corps et lécha l'endroit où aurait dû se trouver un nombril humain.

— Oh.

Bon sang, elle avait un goût exquis. Ce parfum de soleil et d'agrumes se traduisait par une douceur qui collait à sa peau. Il devait en savoir plus. Il attrapa la ceinture de son pantalon.

— Ça va ? demanda-t-il en levant les yeux vers elle.

Son parfum, la lumière et la chaleur de la pièce – il en était presque ivre, mais il ne ferait rien sans son consentement. Les joues de Charlie s'empourprèrent.

— Tu n'es plus fatigué ?

Il secoua la tête.

— Alors c'est d'accord.

Il baissa son pantalon sur ses hanches, puis sur ses jambes, avant de le jeter plus loin.

— Laisse-moi te voir.

Doucement, il écarta ses cuisses. Sa poitrine produisit alors un grondement qu'il n'avait encore jamais émis. Venait-il de grogner ?

— Il y a quelque chose qui ne va pas chez moi ?

Son regard revint vers son visage inquiet. Il se tenait là, le membre en érection, excité, et elle pensait qu'il la trouvait repoussante.

— Putain, non. Tu es splendide.

Son sourire raviva cette chaleur au creux de sa poitrine. Se plaçant entre ses genoux, il fit courir ses mains sur ses cuisses jusqu'à ce que ses pouces frôlent son intimité. Doucement, il caressa son centre et dessina des cercles sur son clitoris. À son soulagement, cela correspondait à l'anatomie humaine, ce qui signifiait qu'ils allaient passer un sacré bon moment.

— Mais… est-ce que mon corps te semble bizarre ?

Sa voix douce et hésitante trahissait son doute. Elle ne se rendait vraiment pas compte de sa beauté, et c'était une surprise rafraîchissante.

Il dut s'éclaircir la gorge pour parler, la voix grave et rauque.

— Absolument pas, princesse. Tu es foutrement parfaite. Parfaite de bout en bout.

Son visage s'illumina d'un sourire fou, et bon sang, un torrent de feu liquide se répandit dans ses veines. Il la récompensa avec un nouveau mouvement du pouce, puis le fit glisser le long de sa fente.

Elle renversa la tête en arrière et ferma les yeux.

— Hmm.

— Regarde-moi, princesse, ordonna-t-il, ses doigts dessinant des cercles tandis qu'il observait ses réactions.

Elle obéit, et merde, ça l'excita encore plus. Son souffle devint haletant alors qu'elle le regardait la caresser, et bientôt ses hanches s'activèrent, cherchant le plaisir qu'il brûlait de lui donner.

— Tu es trempée. Je crois que tu es prête pour davantage.

Il glissa un doigt en elle, sa chaleur étroite et humide faisant battre son sexe d'impatience.

— Putain, Charlotte…

Elle accéléra, chevauchant sa main plus fort. Il ajouta un

deuxième doigt, décrivant des cercles en profondeur tandis que son pouce s'occupait encore de son clitoris. Elle se tordait à présent, agrippant les draps.

— Jouis pour moi, mon ange. Jouis pour moi.

Charlotte cria, son corps s'arqua sur le matelas tandis que sa peau s'embrasait comme un soleil levant.

— Putaaaain !

C'était inattendu. Lumière et chaleur l'envahirent, presque douloureusement. Son plaisir irradiait à travers sa peau, son corps devenant une étoile en explosion. La lumière était presque aveuglante. Une petite voix en lui se demanda s'il devait avoir peur, mais il chassa l'idée. Sa vie n'était pas si précieuse. Il était prêt à être consumé par elle, par cet instant.

Quand elle retomba sur le matelas, il n'avait subi aucun dommage à la suite du torrent d'énergie qu'il avait éveillé en elle. Elle reprit ses esprits et le fixa avec un émerveillement pur, les paupières mi-closes, les lèvres entrouvertes.

— Par la Montagne, Liam. Je n'ai jamais ressenti ça.

Il lui fallut un moment pour comprendre ses mots. Ce n'était pas possible.

— Attends, tu veux dire que tu n'avais jamais eu d'orgasme ?

Elle secoua la tête.

— Princesse Charlie ? résonna une voix lointaine derrière la porte.

Ses yeux s'écarquillèrent et elle bondit hors du lit, l'air paniquée.

— C'est ma femme de chambre !

Elle attrapa son pantalon au bout du lit et l'enfila.

— Reste ici.

Il hocha la tête. Où irait-il de toute façon ?

Lissant ses cheveux, elle sortit de la chambre, le laissant froid et vide. Merde, il était fichu, et pas seulement parce qu'il souffrait d'une sérieuse frustration.

UNE HEURE PLUS TARD, LIAM SE RETROUVAIT DANS LA CUISINE DU palais, les doigts plongés dans une substance que Charlotte appelait farine. C'était blanc. C'était poudreux. Mais la texture lui rappelait davantage la farine d'amande que celle de blé, et le scientifique en lui tentait d'en deviner la composition chimique par le simple toucher et l'odeur.

— C'est fait à partir de quoi ? demanda-t-il.

— De racine de baril, qui pousse du côté volcanique de la montagne.

Il hocha la tête.

— Une seule manière de savoir si c'est la même chose que sur Terre.

Il attrapa un grand bol sur l'étagère et y versa quelques tasses. Il avait décidé de préparer des cookies aux pépites de chocolat. Pas exactement propre à Noël, mais c'était la seule recette qu'il connaissait par cœur. Heureusement, le sel et le sucre de Paragon étaient identiques à ce dont il était familier. Le bicarbonate et l'extrait de vanille, il devrait improviser.

— Je peux faire quelque chose pour aider ? demanda-t-elle alors qu'il inspectait le garde-manger.

Il se retourna vers elle, cette fichue chaleur de nouveau dans sa poitrine.

— Parle-moi. Dis-moi qui tu es.

Il aurait dû poser des questions scientifiques, sur la composition du sol ou sur la place de Paragon dans l'univers, mais tout ce que son idiot de cerveau voulait, c'était en savoir plus sur elle. Qu'est-ce qui la faisait vibrer ? Comment c'était de grandir ici ? Quelle était sa fleur préférée et comment prenait-elle son café ?

Elle sembla surprise par la demande, ses ailes se relevant.

— Qu'est-ce que tu veux savoir ?

— Reprends avec cette légende dont tu me parlais hier. Pourquoi est-ce que quelqu'un penserait que tu es un monstre ?

Charlotte s'adossa à l'un des comptoirs d'acier et se mit à raconter, et l'histoire qu'elle déroula rivalisait avec n'importe quel roman qu'il avait lu. Des milliers d'années plus tôt, une impératrice nommée Éléonore avait assassiné son propre frère et sa compagne sorcière, l'une des trois puissantes sœurs. Leur enfant à naître, qui aurait ressemblé à Charlotte, avait été tué avec sa mère. Publiquement, Éléonore fit croire qu'il s'agissait de légitime défense et interdit toute union entre dragons et sorcières parce que cela servait son récit. Pendant des siècles, les habitants d'Ouros avaient colporté des histoires et chanté des chansons sur l'enfant monstrueux né d'une sorcière et d'un dragon. Alors, lorsque la mère sorcière de Charlotte s'unit à son père dragon, il y eut naturellement de l'appréhension.

Sauf qu'avec le temps, son père réussit à révéler le vrai visage d'Éléonore et à reprendre le royaume des mains de sa mère malfaisante et meurtrière. La naissance de Charlotte accomplit la prophétie des trois sœurs, mais pas de la façon attendue. En renversant Éléonore, sa famille ramena la paix dans le royaume.

Elle lui parla de son voyage aux enfers avec son oncle Marius – encore un autre oncle ! – et de son enfance passée à apprendre à maîtriser ses pouvoirs célestes tout en développant sa pratique de la magie des sorcières, un savoir transmis par sa mère, ainsi que la magie draconique traditionnelle qu'elle avait étudiée à l'école.

— Donc tu es allée à l'école.

Il cessa de remuer la préparation pour se concentrer sur elle.

— Pas de professeurs privés pour la princesse ?

Elle sourit.

— Je crois que mon père aurait préféré des tuteurs privés, mais ma mère voulait que j'aie une enfance aussi normale que possible. J'ai fréquenté la Rawkfist Academy. C'est une école privée, ici, à Paragon. Mes parents étaient inquiets au début parce que je suis différente, mais je n'ai pas vraiment été harcelée, étonnamment. Je crois qu'ils avaient trop peur de moi pour me maltraiter. Le plus grand obstacle, c'était de pousser les autres à voir au-delà de mon titre royal et du folklore pour oser m'approcher. Quelques-uns l'ont fait. Mes meilleures amies sont des filles que j'ai rencontrées là-bas.

— Tu es allée à l'université ? demanda-t-il en sortant une plaque de cuisson de l'étagère et en y déposant des boules de pâte.

Ça sentait les cookies aux pépites de chocolat, mais la texture n'était pas tout à fait la bonne.

Elle lui jeta un coup d'œil.

— Oui. Aussi loin que possible. Ma spécialité, c'est la métaphysique et la sorcellerie.

Il éclata de rire.

— Qu'est-ce qu'il y a de drôle ?

— Ça ne serait même pas une vraie filière dans mon monde.

— Ah non ?

Elle renifla.

— Et toi, qu'est-ce que tu as étudié ?

— J'ai un doctorat en sciences environnementales, ce qui veut dire que j'ai ingurgité une quantité monstrueuse de chimie, de physique et de biologie, sans oublier les sciences de la Terre.

Elle éclata de rire.

— Ça sonne terriblement ennuyeux.

— Jamais ! protesta-t-il. Je parie que tu ne savais pas qu'une seule goutte de notre eau de mer abrite tout un écosystème. Des millions de micro organismes vivent à la surface, avec en prime une quantité affolante de plastique et de produits chimiques microscopiques. C'est ça ma passion : réduire la concentration de ces saletés dans nos océans.

Charlie plissa les yeux.

— Si c'est nocif, pourquoi c'est là ?

Il soupira.

— Les humains n'ont pas de magie, alors parfois on doit utiliser du plastique.

Elle gloussa.

— Le plastique, c'est comme de la magie ?

En glissant les plaques dans l'étrange four rond, il soupira.

— Aussi détestable que ce soit, c'est ultraléger et il a un million d'usages, beaucoup sauvent même des vies. Ce n'est pas un problème simple. Je ne suis pas sûr que l'humanité puisse jamais complètement revenir à une vie sans plastique.

— S'il existe un moyen de sauver ta Terre de ce problème complexe, je sais que tu le trouveras. Tu es très intelligent.

Il rit doucement.

— Qu'est-ce qui te fait dire ça ?

— La façon dont tu as géré Cassius quand il t'a attaqué. Beaucoup auraient paniqué dans une telle situation.

Il soupira.

— Ça, c'était l'entraînement, pas l'intelligence.

— De tes années de guerrier.

— Oui. L'armée.

— Donc tu as quitté l'entreprise familiale, tu t'es enrôlé dans ton armée, tu t'es instruit, et maintenant tu travailles à sauver ta planète ? Et ta famille t'a rejeté ?

— C'est à peu près ça.

— Hmm. Je suis désolée pour toi. Ma famille, c'est tout pour moi. J'aimerais que la tienne te traite mieux. Tu mérites tellement mieux.

Son cœur se serra à ses mots et à la manière dont elle le regardait, comme si elle le jugeait digne. Précieux. Même s'il était tenté de clore là la conversation, Liam sentit qu'il avait envie de lui dire la vérité. S'il y avait une personne à qui il pouvait se confier, c'était bien elle. Dans quelques jours, il ne la reverrait jamais, et comme elle venait d'un autre monde, personne ne saurait ce qu'il lui avait dit.

Il contracta la mâchoire.

— La vérité, c'est que ce n'est pas entièrement de leur faute.

— Ah non ?

Elle se pencha légèrement en avant. Pas de jugement, juste de l'intérêt.

— Mon père et moi ne nous entendions pas quand j'étais gosse, et je brûlais d'envie de quitter la maison. Oui, nous avions nos désaccords, mais c'est moi qui suis parti. Ils ne m'ont jamais mis dehors. Et la porte est toujours restée ouverte pour mon retour. Ne te méprends pas, ce ne sont pas des gens chaleureux. Je n'ai aucun souvenir familial tendre. Mais ce n'est pas eux qui ont mis fin à notre relation. C'est moi. Il est mort en août, et je sais que ma mère avait sans doute besoin de moi, mais je suis resté loin.

Elle inclina la tête.

— Je ne comprends pas. Ils acceptaient tes choix ou non ?

Il soupira.

— Au début, mon père était furieux, mais il n'avait pas besoin de moi dans l'entreprise. Il avait mon frère Spencer et ma sœur Kara pour assurer. Avec le temps, il a lâché l'affaire. Mais je sentais son mépris à chaque retour. Mes parents encensaient mon frère et ma sœur. Pour moi et ma vie, jamais un mot... jusqu'à mes fiançailles avec une mondaine.

— Tu es fiancé ?

— *J'étais* fiancé. C'est fini. Ma famille pensait qu'elle me forcerait à rentrer dans le rang et à me plier à leur programme. C'est ce qu'elle voulait. Mais cette vie n'était pas la mienne.

— Tu ne veux pas t'installer.

— Je ne veux pas travailler pour Morrismart. Je n'aurais rien contre le fait de fonder une famille un jour, mais pas avec elle. Pas quand tout tourne autour de l'argent et du nom.

Elle fronça les sourcils.

— Ça, je comprends.

Elle baissa la tête et le bout de son chausson traça des lignes imaginaires sur le parquet.

— Je ne peux pas te dire combien d'hommes sont venus ici, espérant devenir prince, pour finalement voir mes ailes et décider que le titre n'en valait pas la peine.

Il secoua la tête.

— Ils n'ont aucune idée de ce qu'ils ratent, mon ange. Tes ailes...

Il la fixa d'un regard affamé.

— Je crois que j'aime me réveiller avec des plumes plein le visage.

Elle arqua un sourcil. Il caressa la longueur d'une aile.

— Je crois qu'à cause de toi, je ne pourrai plus me satisfaire d'une femme sans ailes.

Leurs regards se croisèrent et s'accrochèrent. Les joues de Charlotte se teintèrent d'un rose délicieux. Elle se détourna brusquement pour vérifier les cookies, rompant la tension et le ramenant à l'instant présent. C'était un jeu dangereux auquel ils jouaient.

— Tu disais, à propos de ta famille… ?

Liam bougea. Il était douloureusement proche d'en dire plus qu'il ne devait. Charlotte n'était pas une potentielle petite amie. Elle n'était même pas humaine. Pour tout dire, elle était une extraterrestre, et leur relation durerait aussi longtemps qu'il l'aiderait. Ensuite, il repartirait. Il était là pour apprendre et rien d'autre.

— Charlotte, il faut qu'on parle. Ce qui s'est passé ce matin entre nous ne doit plus jamais se reproduire.

Le sourire s'effaça de son visage.

— Je suis désolée qu'on ait été interrompus. Je peux parler à ma femme de chambre…

— Non, ce n'est pas ça. Il ne peut rien y avoir entre nous. Cette situation est temporaire et… si on se rapproche davantage, ça ne fera que compliquer les choses.

— Mais… et ce que tu viens de dire… ? Je croyais que tu aimais mes ailes…

— Oui.

Son regard parcourut son corps.

— J'aime tout chez toi, princesse, et si on s'était rencontrés dans d'autres circonstances, je parie qu'on tenterait le coup à fond jusqu'à ne plus se supporter. Après ce que j'ai vu ce matin, je ne te laisserais pas sortir du lit pendant une semaine.

Une profonde déception plissa la bouche de Charlotte.

— Alors pourquoi ?

Il haussa les épaules.

— C'est évident. On vient de mondes différents. Ça ne peut pas durer. Et je me suis rendu compte à l'instant, en te parlant, que malgré ta puissance, tu es aussi douce et peu expérimentée. La dernière chose dont tu as besoin dans ta vie, c'est d'un homme comme moi. Je t'utiliserais. Je ne peux pas t'offrir plus que ça, et c'est bien moins que ce que tu mérites.

Un instant, elle sembla peser ses mots.

— Après ce matin, je me demande si ce n'est pas moi qui t'utilise.

— Si je croyais une seconde que c'était le cas, je n'aurais aucun problème à être *utilisé*.

Il fronça les sourcils. Ce crétin de Cassius l'avait traitée comme si elle était jetable. Hors de question qu'il agisse de même. Elle méritait infiniment mieux. Elle se redressa.

— Très bien. Alors, ça ne se reproduira pas.

— Parfait.

— Bon. Tu parlais de ta famille… Qu'est-ce qui t'a fait manquer les funérailles de ton père ? On dirait qu'en dépit de vos différends, les tiens tiennent encore à toi.

— Je n'ai pas envie d'en parler.

Elle tressaillit.

Il s'est passé autre chose. Quelque chose qui dépasse votre désaccord sur l'entreprise.

Il se mordit la lèvre.

— Oui. Je dirai juste qu'une part de moi le regrette. Une petite part. Je reconnais que j'aurais peut-être dû être là pour ma mère malgré tout. Mais ce qui est fait est fait.

Elle l'étudia soigneusement.

— Tu n'es pas obligé d'en rester là.

— Si. C'est plus sûr ainsi. Combler la distance entre nous serait un chantier monumental à ce stade. Crois-moi quand je dis qu'il serait plus simple pour tout le monde que j'évite ça.

— Le plus simple n'est pas toujours le mieux, Liam. Parfois, la vie est compliquée et douloureuse, mais je préfère ça à une existence où je ne ressens rien.

Elle baissa les yeux vers ses doigts.

— Une vie sans passion n'est qu'une jolie cage.

Il ne savait plus très bien si elle parlait encore de sa famille ou de ce qui s'était passé entre eux. Inutile de creuser. La meilleure chose à faire, là tout de suite, c'était de fixer des limites claires. Il en avait déjà trop dit, ressenti des choses qu'il ne voulait pas ressentir, et il la connaissait depuis à peine une journée.

Elle se rapprocha de lui, la chaleur de son corps lui donnant furieusement envie de la toucher.

— Tu veux savoir ce que je pense ?

Sa voix était basse, caressante.

— Je pense que tu as laissé ce fossé entre ta famille et toi s'étirer si longtemps et devenir si large que ce n'est plus l'affrontement qui te fait peur, mais d'apprendre que la séparation est trop grande pour être comblée. Tu crains le mépris. Tu as peur qu'ils ne s'en soucient plus du tout. Et une part de toi le souhaite, tout comme tu le souhaites avec moi. Au lieu de vivre quelque chose avec moi, quelque chose qui finira, oui, mais qui pourrait être… mémorable, tu choisis la séparation. Tu veux l'engourdissement. Parce que, si tu redoutes le mépris, l'indifférence, tu redoutes encore plus de ressentir.

Boum. Le poids écrasant de la vérité lui serra la poitrine. Était-ce une facette de ses pouvoirs ? Pouvait-elle voir son âme à nu ? Une part de lui savait que sa mère avait été autant victime de son père que lui. Et plus le silence durait entre eux, plus il se demandait, quelque part au fond, si elle tenait encore à lui, si elle le considérait encore comme son fils. Son invitation pour Noël cette année indiquait que oui. Il ne savait pas pourquoi cela comptait, seulement que c'était important. Et Charlotte avait raison pour ce qu'il ressentait pour elle aussi. Il ne voulait pas jouer trop près de cette flamme. Sa chaleur montait dangereusement le long de son corps. Il secoua la tête.

Les sentiments ne font que compliquer les choses.

— Oui, c'est vrai.

Le sourire à couper le souffle qu'elle lui offrit faillit le détourner de l'odeur qui flottait dans la cuisine. Acceptant cette diversion avec gratitude, il attrapa un torchon, tira la plaque du four et la posa sur le dessus.

— Je crois qu'ils sont cuits, dit-il.

Il n'en était pas certain. Les cookies étaient parfaitement ronds, dorés, lisses comme du verre. Il fronça les sourcils. Ça ne ressemblait à aucun cookie aux pépites de chocolat qu'il ait vu.

La main de Charlotte jaillit et en attrapa un, qu'elle porta à sa bouche.

— Attends, c'est brûlant !

— Je suis insensible à la chaleur. Je peux traverser le feu sans me brûler.

Elle approcha le biscuit de ses lèvres. D'un geste, il lui saisit le poignet pour l'empêcher de croquer.

— Je ne suis pas sûr que tu doives manger ça.

— Pourquoi pas ?

— Ce n'est pas normal. Je crois qu'un truc a foiré.

Elle soupira.

— Ici, ce sera différent. On n'a pas les mêmes ingrédients.

— Et si ce n'était pas bon ? Je devrais goûter d'abord.

Le rire qui illumina le visage de Charlotte le fit fondre.

— Liam, tu essaies de me protéger d'un cookie ? Comme c'est noble de ta part.

— Je ne suis pas noble, je veux juste…

— C'est adorable, mais je peux m'en charger.

Elle retira son bras avec une force surprenante et croqua dedans. Il la regarda mâcher, son expression indéchiffrable. Après quelques bouchées, elle lui tendit le biscuit entamé.

— Tu dois absolument goûter ça !

Et il n'y avait rien de plus érotique, bon sang. Il ne savait pas pourquoi, le fait qu'elle le nourrisse était la chose la plus sexy qui lui soit arrivée depuis très, très longtemps. Il plongea son regard dans le sien, puis se pencha pour mordre là où elle avait mordu.

Son regard ensorcelant le troubla, et il lui fallut une seconde pour saisir que quelque chose clochait. Le biscuit avait un goût sucré mais s'effritait en bouche comme de la terre. Non, pas de la terre : une pleine cuillerée de céréales granuleuses. Il mâcha, mâcha encore, grimaçant devant cette texture atroce.

— C'est...

— Immonde ? ajouta-t-elle en riant, tout en jetant le reste du biscuit sur la plaque. Indigne d'un dragon ?

— Tu le savais et tu m'as fait goûter quand même ?

Elle éclata de rire.

— Il me fallait partager mon épouvante.

Il plissa les yeux et recracha le reste dans une poubelle. Un sourire diabolique fendit son visage.

— Tu es un ange diabolique.

Elle haussa les épaules.

— Tu vas me punir pour mes crimes ? Tout sauf me faire manger un autre cookie de Noël.

— Oh, j'ai d'autres idées, fit-il d'une voix grave.

Lorsqu'il tendit la main pour l'attraper, elle lui échappa en gloussant. Il se lança à sa poursuite, hors de la cuisine et dans le couloir, riant comme il ne l'avait pas fait depuis... le CE2, peut-être ? Bon sang, il ne savait pas ce qu'il ferait en la rattrapant, mais ça n'impliquerait aucune douleur. Malgré sa résolution de garder ses distances, la seule chose qu'il voulait lui offrir, c'était du plaisir.

Il la rejoignit, les doigts prêts à saisir sa taille tandis qu'elle poussait un petit cri par-dessus son épaule. Et c'est là qu'une large main jaillit de l'ombre et l'envoya au tapis d'un coup sec.

CHAPITRE 11

— O ncle Colin, arrête !

Charlotte se précipita aux côtés de Liam, soulagée en voyant qu'il respirait encore, même si c'était plus un sifflement qu'autre chose. Le bruit creux de sa tête heurtant le sol d'obsidienne avait été insoutenable, et il était clair qu'il avait eu le souffle coupé. Louée soit la Montagne, il n'y avait pas de sang. Cependant, la main de Colin serrée autour de sa gorge n'avait rien de tendre.

— Mais c'est qui, bon sang, Charlie ?

Colin relâcha la gorge de Liam puis referma le poing, son bras balafré se tendant comme s'il n'avait aucune crainte de s'en resservir.

— C'est mon ami, dit Charlotte en écartant les mains de son oncle et en vérifiant la tête et la nuque de Liam pour déceler une blessure. Appelle Maiara, ordonna-t-elle à un serviteur au bout du couloir. Je crois qu'il est blessé.

— Il n'est pas blessé, grogna Colin. Il reprend juste son souffle.

— C'est un humain, mon oncle. Pas un dragon. Tu aurais pu lui fendre le crâne.

Colin grimaça.

— Un humain ? Qu'est-ce qu'un foutu humain fait à te courir après dans le couloir ?

Elle le foudroya du regard.

— C'est mon invité.

La mâchoire de Colin se crispa.

— Ton invité ?

— C'est moi qui l'ai amené ici. Il m'aide sur un projet spécial.

— Un humain ? Mais où as-tu trouvé un humain ?

— Sur Terre.

Colin se figea.

— Tes parents savent-ils que tu as quitté Paragon ?

Heureusement, elle n'eut pas à répondre puisque Maiara arriva avec sa sacoche et commença à examiner Liam.

— Ça va, marmonna celui-ci, mais ses yeux roulèrent vers l'arrière de sa tête.

Il n'allait clairement pas bien.

— Ça ira, dit Maiara en posant son amulette de soin autour de son cou.

Les gestes attentifs de Maiara ne détournèrent pas Colin de leur conversation. Il s'acharnait comme un dragon sur son os.

— Charlie…

Elle le foudroya du regard.

— Il ne s'est rien passé. Je n'y ai été qu'un instant.

— C'est un risque.

— Un risque que j'étais prête à prendre.

Elle se tourna vers Liam, mais Colin lui agrippa le bras.

— Charlie… tu vaux mieux que ça.

Elle se dégagea vivement.

— Ce n'est qu'une théorie, rien de plus. Pour tout ce qu'on en sait, c'est peut-être un excès de prudence complètement inutile.

Liam se redressa, tenant sa tête entre ses mains, et Maiara retira son amulette de son torse. Elle leva un doigt.

— Repos, une heure. Pas plus. Pas de bagarre.

Liam hocha la tête et Maiara repartit en direction de l'infirmerie. Son regard passa de Colin à Charlotte.

— Je m'appelle Liam. Vous ressemblez… enfin je veux dire, vous devez être…

Colin renifla, un sourire aux lèvres malgré la tension de sa mâchoire.

— Je suis Colin, maître de la Garde Obsidienne et, oui, le frère jumeau de Sylas et l'oncle de Charlie. Désolé pour le malentendu. Je n'avais pas réalisé que tu étais l'invité de Charlie.

— Euh, oui, une simple erreur.

Ses yeux glissèrent ailleurs tandis qu'il agitait deux doigts d'un geste évasif.

Charlie passa son bras sous celui de Liam.

— Viens, je vais t'aider à retourner dans ma chambre.

— Ta chambre ? Il loge dans ta chambre ?

Un muscle saillant battit sur la mâchoire d'oncle Colin, exigeant des réponses.

— Je vais bien, vraiment, dit Liam pour la rassurer.

— Maiara nous tuera tous les deux si on ne suit pas ses ordres.

— Pourquoi est-ce qu'il loge dans ta chambre ?

Un grondement sourd vibra dans la poitrine de Colin.

Charlie se retourna pour l'affronter.

— Oncle Colin, qu'est-ce qui t'amène exactement dans cette aile du palais ?

— C'est Leena qui m'envoie. Elle voulait que je t'annonce que l'arbre que tu as fait venir d'Everfield est installé dans la grande salle. Elle serait venue elle-même, mais elle retranscrit des notes pour la reine.

Charlie se tourna vers Liam avec excitation.

— Il est arrivé ! Bon, tu dois encore te reposer, mais après on ira voir l'arbre.

Elle lui tira la main, le guidant vers ses appartements.

— Charlie, à propos de ce que j'ai dit tout à l'heure… lança Colin.

— Je gère, mon oncle.

Elle s'élança dans le couloir, soulagée qu'il ne la suive pas. Quelques minutes plus tard, elle installait Liam dans sa seconde chambre.

— De quoi parlait ton oncle ? Il a dit que tu t'étais mise en danger.

Liam la fixait depuis son oreiller, l'air épuisé.

— Il t'a pris pour un agresseur parce que tu me courais après, prétendit Charlie d'un ton détaché.

Il y avait bien plus derrière ça, mais elle n'avait pas besoin d'un autre homme pour la sermonner.

— Non, pas cette partie-là. Celle où il a sous-entendu qu'il était dangereux pour toi de quitter Paragon ?

— Juste de la surprotection. Je te réveillerai dans une heure.

Elle referma la porte entre eux.

Après un repos qui dura finalement deux heures, Charlie conduisit Liam jusqu'à la grande salle et rayonna en découvrant l'arbre. Le pot gigantesque qui le contenait ancrait le splendide spécimen, lequel montait presque jusqu'aux poutres au centre de la salle circulaire.

Liam s'avança, la bouche entrouverte.

— Quand tu as dit qu'ils ne le tueraient pas, je pensais qu'ils allaient couper la cime ou quelque chose comme ça. Mais comment ont-ils réussi à le rempoter ? Cet arbre est colossal.

— Probablement en chantant, répondit Charlie.

Quand Liam tourna vers elle des yeux incrédules, elle haussa les épaules.

— Les fées ont une relation particulière avec les arbres. Quand elles bâtissent leurs maisons, elles chantent pour persuader les arbres de prendre les formes qu'elles désirent.

— Incroyable.

Il glissa ses doigts sur l'une des branches.

— Mais comment ça marche ? Les arbres, ici… sont-ils conscients ? Ou bien leurs voix agissent-elles sur les plantes à un niveau cellulaire ?

— Ni l'un ni l'autre. C'est de la magie. De la magie des fées.

Charlotte adorait le voir fasciné par quelque chose qui, pour elle, allait de soi.

— Mais comment fonctionne cette magie ?

Liam arborait une expression perplexe.

Elle se rapprocha de lui, caressant du bout des doigts le rebord du pot.

— C'est dans leur sang, leur énergie céleste, la vibration de leurs âmes, les racines ancestrales de leur espèce. Leurs voix portent le pouvoir de générations entières.

Il secoua la tête en riant.

— Ça n'a aucun sens.

Elle lui lança un sourire narquois.

— À quel point t'es-tu cogné la tête ?

— Tu vois bien ce que je veux dire. Tu es une femme instruite. Il doit y avoir une explication à la façon dont les choses fonctionnent. Rien n'arrive par hasard. Les arbres ne s'arrachent pas du sol juste par la grâce d'une chanson.

Sa mâchoire se contracta, et Charlotte craignit qu'il ne perde patience.

— Liam, est-ce que les femmes ont des ailes d'où tu viens ?

Il planta son regard dans le sien.

— Euh, non.

— Mais moi, oui, et je suis juste là, devant toi. Comment mes ailes fonctionnent-elles ? Pourquoi suis-je née avec ?

— On pourrait le découvrir avec une IRM, quelques analyses de sang. Il y a une explication. Il y en a toujours une.

Il fronça les sourcils.

Elle repoussa ses cheveux derrière ses oreilles.

— Et comment crois-tu que je t'ai amené ici depuis ton monde ? Il y a une explication à ça ?

— Forcément.

— Tu as raison, il y en a une. La magie. Une magie ancienne.

— Je ne crois pas à la magie.

Il lui lança l'un de ses célèbres regards noirs.

Ses sourcils montèrent si vite qu'elle sentit presque ses oreilles se soulever.

— Quelle existence sombre tu dois avoir si tu ne peux croire qu'aux choses que tu comprends entièrement.

— Je n'ai pas besoin de les comprendre totalement pour savoir qu'il existe une explication scientifique. Il y a un ordre aux choses. Ce qui semble magique a une cause et un effet rationnels, peut-être encore inconnus, mais bel et bien présents.

— Défi accepté.

Elle lui tendit la main.

— Viens avec moi.

— Où allons-nous ?

— Dans ma salle de rituels. Je vais te montrer de la magie, et en même temps, nous allons décorer cet arbre, un arbre qui s'est arraché du sol pour venir dans ce pot grâce à la magie.

— Tu ne me feras pas changer d'avis.

Elle plissa les yeux.

— On verra bien.

Liam prit sa main et se laissa guider jusqu'à ses appartements. Il avait encore un mal de tête lancinant, et il ne savait pas si c'était à cause du choc de sa tête contre le sol ou bien de la vision incroyable de l'arbre en pot dans la grande salle. Il supposait qu'il devait être possible de déplacer un arbre pareil avec de lourdes machines, peut-être une excavatrice et une grue, mais comment l'avaient-ils installé aussi vite dans la salle ?

Ah, il réfléchissait trop peu. Puisqu'ils étaient sur une autre planète, les machines devaient forcément être plus avancées. Tout ce discours de Charlotte sur la magie n'était qu'une façon pour elle de donner un sens au monde dans lequel elle vivait, mais avec le bon matériel, il pourrait bien en comprendre la physique. Pour l'instant, il se contenterait d'accepter que ce soit possible grâce à la technologie que possédaient ces créatures.

Charlotte le guida par une porte attenante à la pièce centrale de son appartement et l'emmena dans une salle qui aurait pu figurer dans le décor d'un film. Un grand symbole était peint au sol, entouré d'étagères couvertes de bougies, d'herbes, de cristaux et d'os. On aurait dit qu'il venait d'entrer dans l'une de ces boutiques ésotériques pour touristes en ville, qui exploitent les problèmes psychologiques des gens pour leur vendre des sachets de pierres polies.

— Tu as dit tout à l'heure que les sapins de Noël avaient généralement des lumières, non ?

Elle lui tendit un bloc-notes.

— À quoi ça ressemble ?

Liam n'était pas un artiste, mais il fit de son mieux pour esquisser un arbre décoré de guirlandes lumineuses.

— C'est ravissant.

Il dut ravaler l'émotion soudaine qui l'envahit lorsque des images de l'arbre de son enfance traversèrent sa mémoire. Sans le vouloir, il en avait dessiné un identique.

— J'ai grandi dans un domaine ridiculement grand, au nord de New York, et mes parents engageaient toujours un professionnel pour installer nos décorations de Noël. Des lumières blanches partout et des ornements parfaitement espacés.

Il ricana et leva les yeux au ciel.

— La maison ressemblait à une vitrine de grand magasin. Mais on nous laissait, Spencer, Kara et moi, décorer l'arbre de la cave, car personne n'y descendait jamais à part nous. Il ressemblait à ça, avec ses lumières multicolores criardes et ses décorations faites main. Je l'adorais.

D'un clin d'œil, elle déclara :

— Alors c'est l'arbre que nous aurons.

Elle apporta le dessin à son établi et attrapa une bobine de fil doré.

— Quelles étaient les couleurs de ces lumières ?

Quand elle lui tendit une boîte, il s'approcha. Elle débordait de gemmes de toutes formes, tailles et couleurs. Il ramassa un gros saphir et le leva vers la lumière. Ça ne pouvait pas être une vraie pierre, mais bon sang, c'était une réplique parfaite.

Charlotte prit la pierre de ses doigts et l'enroula soigneusement dans le fil.

— Il en faut plus. Quelles autres couleurs ?

Ces pierres n'avaient rien à voir avec des guirlandes électriques. Bon, peut-être que, comme pour les cookies, c'était la meilleure alternative possible ici. Il lui lança des joyaux les uns après les autres, suivant l'ordre des lumières multicolores de ses souvenirs d'enfance. Bientôt, Charlotte avait fabriqué une longue guirlande de gemmes qui reflétaient la lumière d'une manière à couper le souffle.

— Ça ressemble à tes lumières de Noël ?

— À peu près. Dans mon monde, ce sont des lampes électriques, comme celles qui éclairent cette pièce.

Il montra la lampe de son bureau.

Charlotte y jeta un regard amusé.

— Électrique, hein ?

Il hocha la tête.

Elle enroula la guirlande autour de son poing et entra dans le symbole au centre de la pièce, la posant à ses pieds.

— Toutes les lumières de Paragon fonctionnent grâce à l'énergie du volcan – l'énergie géothermique – qui est transformée en lumière par la magie. Une magie semblable à celle-ci.

Elle leva les mains de chaque côté de son corps et commença à incanter. Les mots n'avaient aucun sens pour lui. Ça pouvait être du latin ou du grec, mais il n'en reconnut aucun. Les effets, en revanche, resteraient gravés à jamais dans sa mémoire. Les yeux de Charlotte se mirent à briller d'un blanc pur, et une tempête électrique jaillit entre ses mains, grandissant et grondant jusqu'à frapper la guirlande enroulée dans un fracas assourdissant qui le fit reculer d'un pas. Charlotte baissa les bras et récupéra les pierres sur le sol fumant.

Bon sang ! Liam s'approcha d'elle. Les gemmes brillaient désormais de l'intérieur et répandaient assez de lumière colorée pour illuminer toute la salle. La bouche entrouverte, il tendit une main pour en toucher une.

— Aïe !

Il retira ses doigts en soufflant dessus.

— Doucement, dit-elle. Elles vont finir par refroidir, mais il faut leur laisser un peu de temps.

— Mais toi, tu les touches.

Elle rit.

— Je te l'ai déjà dit. Je suis ignifugée, comme mon père. Je vais les mettre ici en attendant qu'elles soient sûres pour toi.

Elle déposa la guirlande dans un grand chaudron de métal.

— Et si on commençait les décorations pendant qu'elles refroidissent ?

— Mais… mais… Combien de temps vont-elles rester allumées comme ça ?

Elle haussa les épaules.

— Tant que je suis en vie.

Il secoua la tête.

— Comment ?

Elle leva les yeux au ciel, franchit la distance entre eux et prit son visage entre ses mains.

— De la magie, Liam. C'est de la magie.

Il fixa les lumières qui tournoyaient dans le ventre de ce chaudron métallique, et tout ce à quoi il pensait, c'était qu'il venait de tomber dans un terrier de lapin dont il n'était pas sûr de pouvoir ressortir. Et ce qui était encore plus terrifiant, c'est qu'il n'était pas certain d'en avoir envie. Peut-être s'était-il cogné la tête plus fort qu'il ne le croyait.

CHAPITRE 12

Ce soir-là, Charlotte termina de poser les guirlandes lumineuses sur l'immense arbre de la grande salle et commença à le décorer avec des sphères de verre qu'elle avait fait acheter à un artisan de Hobble Glen. Liam lui assura qu'elles ressemblaient beaucoup à celles qu'il connaissait. Après qu'il l'eut aidée un moment, elle vit bien qu'il avait besoin de repos et demanda à la cuisinière de lui apporter un dîner. En cet instant, il engloutissait un burger de narwit avec des chips bleues et savourait son troisième verre de vin tribiscal.

— Ce vin est délicieux.

Il leva son verre à la lumière.

— Si je pouvais recréer ça sur Terre, je ferais fortune.

— Tu risques d'avoir du mal. Les arbres de tribiscal ne poussent que dans un sol volcanique, et il faut récolter le fruit à la main.

— Nous avons du sol volcanique. J'ouvrirai un vignoble sur la grande île d'Hawaï.

— Je n'ai jamais entendu parler de cet endroit.

Elle soupira, son sourire se fit rêveur.

— Non ?

— Je n'ai pas remis les pieds sur Terre depuis mon enfance.

Il reprit une gorgée de vin avant de demander :

— Pourquoi ?

— Je n'ai aucune raison d'y retourner, je suppose.

Il s'adossa à sa chaise, croisant les chevilles.

— N'importe quoi. Tu as dit que tu avais une tante qui possédait une galerie à New York et un oncle marié à une vampire à Chicago. Et puis, toute cette histoire de Noël que tu organises, alors qu'ici ça n'a rien d'un vrai Noël, c'est uniquement pour impressionner ta mère et ta tante qui viennent de la Terre. Ça fait déjà au moins quatre raisons d'y aller, et pourtant tu ne l'as pas fait.

Elle s'occupa à accrocher une autre boule, puis s'épousseta les mains.

— Je trouve que l'arbre rend bien.

— Je trouve surtout que tu évites de me dire pourquoi ton oncle Colin s'inquiétait de te voir quitter Paragon et pourquoi tu n'as pas passé plus de temps sur Terre malgré tous tes liens là-bas.

Elle se retourna vivement.

— Ne fais pas comme si j'étais la seule à avoir des secrets. C'est assez clair qu'il y a une raison derrière ton refus de croire à la magie ou aux relations. Bien plus qu'une simple brouille familiale sur le degré d'écologie de leurs affaires. Il y a une vraie raison à ton absence aux funérailles de ton père et une autre à ta fuite au pôle Nord pendant les fêtes humaines.

Il serra la mâchoire avant de finir son verre d'un trait.

— D'accord, nous avons tous les deux des secrets.

Elle se détourna et leva les yeux vers l'arbre.

— Il se fait tard et il faut qu'on termine de le décorer. C'est quoi ce dessin que tu as fait pour le sommet ?

— Une étoile. En général, elle est faite d'un matériau brillant. Soit de l'argent, soit de l'or.

— Je vais voir si Alexander a quelque chose d'utile.

Elle accrocha une autre boule aux branches devant elle.

— Hé, tu ne peux pas mettre toutes les dorées au même endroit. Il faut mélanger les couleurs. Certaines au cœur de l'arbre, d'autres au bout des branches.

Il posa son verre et vint la rejoindre, un peu chancelant.

— Qui dit cela ? Je doute que la police de Noël débarque pour me coller une amende.

Il ricana, bondit sur le bord du pot et commença à déplacer quelques décorations.

— C'est moi qui vais te la donner. C'est une insulte au bon goût des fêtes.

— Fais attention, dit-elle en riant. Tu as déjà embrassé le sol aujourd'hui. Et sauf erreur de ma part, être scientifique implique de garder sa cervelle à l'intérieur du crâne.

— J'essaie juste de corriger ta décoration ratée. Le plaisir des fêtes est en jeu.

Il se hissa sur la pointe des pieds et accrocha une boule en titubant.

— Sérieusement, Liam. Je peux voler. Je vais m'occuper du haut. Ne te fais pas mal. Tu es clairement sous l'effet du vin.

— Le vin… Oui, ça me rappelle qu'on devrait demander une autre bouteille !

Il se déplaça autour de l'arbre, moulinant des bras pour garder l'équilibre.

— Le tribiscal est très fort, et tu en as déjà bu assez pour enivrer un dragon. Si tu continues, je vais devoir te porter jusqu'au lit.

Il se pencha contre l'arbre et l'observa entre les branches.

— Promis ?

Elle rit, les joues en feu.

— Je croyais que tu avais dit que tu ne me toucherais plus.

— On ne devrait pas. Ça compliquerait encore les choses.

Elle acquiesça lentement.

— Exact. On pourrait finir par s'attacher. Un coup de cœur, peut-être, ou pire, une véritable et sincère amitié.

Il acquiesça.

— Rien de bon n'en ressortirait.

— Tu n'aimerais pas me donner de mauvaises idées. Je pourrais te piéger, refuser de te renvoyer et te garder ici comme esclave sexuel.

Elle eut un sourire narquois et leva les sourcils. Les yeux de Liam se plissèrent.

— Je n'avais pas pensé à ça. Tu ne ferais pas ça, hein ?

Les hommes. Elle leva les yeux au ciel.

— Qui dit que j'en aurais envie ? Tu sembles être une sacrée corvée. Je ne suis même pas sûre que tu puisses remplir la mission pour laquelle je t'ai amené ici. Ces cookies étaient une catastrophe.

Il renifla.

— Oui, hein ? On n'aurait pas dû les laisser traîner. Ils auraient dû être jetés dans un sac rouge avec un crâne et des os croisés dessus.

Son rire fut coupé par un hoquet sonore.

— Liam ! Tu es vraiment saoul. Par la Montagne, descends de là.

Il marcha à reculons sur le bord du pot, les bras écartés.

— Je préfère ne pas te regarder, le prévint-elle.

Elle passa le panier de décorations à son bras et s'éleva dans les airs, plaçant rapidement les dernières boules au sommet.

— Si, tu me regardes, lança-t-il d'en bas. Tu ne m'as pas quitté des yeux depuis que tu m'as amené ici.

— Voilà, finit-elle en ignorant sa remarque.

Elle se posa près de lui et contempla son travail. Superbe. Toute la pièce baignait dans une lueur chaleureuse et colorée.

— Tu sais comment je sais que tu ne m'as pas quitté des yeux ? bredouilla-t-il, ponctuant sa phrase d'un hoquet.

Agacée, elle leva les yeux vers lui.

— Que la Montagne me pardonne, je n'avais pas imaginé que les humains tenaient si mal l'alcool, murmura-t-elle en hésitant à appeler Maiara.

À la place, elle tendit la main.

— Descends.

Il la repoussa.

— Je le sais parce que moi, je ne t'ai pas quittée des yeux. Tu es une foutue chandelle dans les ténèbres. Aucun homme ne pourrait détacher son regard de toi.

Par tous les dieux, il avait trop bu. Elle songea à le forcer à descendre, mais craignit qu'il ne se débatte et se blesse.

— D'accord alors. Suis cette chandelle et je t'emmène dormir. Tu dois cuver.

— Qui suis-je pour rejeter une belle femme qui veut me mettre au lit ?

Sans prévenir, il sauta. Charlie amortit sa chute en le saisissant par la taille. Le rebord ne faisait qu'un mètre vingt, mais elle craignit qu'il ne se torde quelque chose. Il retomba contre sa poitrine, et elle le repoussa doucement, le tournant vers la porte. En vérité, ça ne la dérangeait pas qu'il la touche, sauf que ça lui rappelait l'orgasme de ce matin, et le fait que ça ne se reproduirait plus la rendait amère.

— Tu es insupportable, tu le sais ? dit-elle avec un léger rire en le poussant.

— C'est un de mes plus grands atouts.

Quand ils atteignirent ses appartements, elle le soutenait presque complètement.

— Tu es sûr que ça va ? Je devrais peut-être appeler Maiara.

— Ça va, marmonna-t-il. Je suis juste bourré.

— Ça, je le vois bien.

Elle ouvrit la porte de sa chambre d'amis et le déposa sur le lit. Il s'affala, bras et jambes écartés, et ferma aussitôt les yeux. Bon sang. Il ne pouvait même pas se déshabiller ; il faudrait qu'elle le fasse. Elle retira ses chaussures une à une, puis s'attaqua à sa braguette. Elle leva les yeux vers lui en défaisant le bouton et la fermeture de son jean, mais ses paupières restaient closes. Dieux merci, car en le faisant glisser sur ses hanches, elle ne put s'empêcher de grimacer en découvrant ce qu'il cachait. Liam était monté comme un cheval des montagnes. Elle déglutit, pestant contre sa malchance d'être attirée par un humain avec un tel corps, seulement pour être rejetée encore. Elle serra les dents, ôta son pantalon, puis le couvrit d'une couverture.

Elle était en train de poser son jean sur une chaise quand il dit :

— Tu sais pourquoi ces hommes te rejettent ?

Merde, lisait-il dans ses pensées ?

— Ce n'est pas à cause de tes ailes. C'est parce que tu es un ange. Pure jusqu'aux os. L'incarnation de tout ce qu'il y a de beau et de lumineux dans le monde. Aucun homme ne peut être à la hauteur. Tu es trop bien pour ces connards.

— Je ne crois pas...

Elle commença à lui énumérer toutes les raisons pour lesquelles ce n'était pas vrai, mais s'interrompit quand il se mit à ronfler lourdement.

Secouant la tête, elle sortit de la pièce et alla se glisser dans son propre lit, seule une fois de plus.

CHAPITRE 13

— Aïe.

Liam se redressa, avec l'impression que sa tête allait exploser. Les événements de la veille défilaient dans son esprit, devenant de plus en plus flous vers la fin, quand le vin tribiscal avait commencé à faire effet. Bon sang, ce truc était vraiment puissant. Son regard accrocha son jean posé sur le dossier de la chaise. Il souleva la couverture. Évidemment, elle l'avait déshabillé, et cela ne faisait qu'intensifier l'érection matinale qui s'élevait sous ses draps.

La simple pensée de ses mains sur sa braguette le poussa à saisir son sexe et à caresser son érection raide que cette vision faisait naître. Cette femme l'avait complètement chamboulé, au point qu'il s'attendait déjà à des semaines de convalescence en rentrant chez lui, forcé de se sevrer d'elle. Pourrait-il seulement oublier la douceur de ses plumes serrées dans son poing, le goût de sa bouche, ou l'odeur de sa peau qui rappelait le soleil et les agrumes ? Et surtout, cette lumière, cette chaleur qu'elle dégageait quand elle jouissait ? Il accéléra ses mouvements, plus fort, plus vite. S'il avait été en elle, comme il l'avait tant désiré, il aurait sans doute perdu son cœur à cet instant. Il lui aurait même offert son âme. Tant qu'il vivrait, il n'oublierait jamais le moment où elle s'était cambrée sur le lit.

Il se contracta, resserrant sa poigne au souvenir de ses hanches cherchant sa main, et laissa l'orgasme l'emporter. Des jets chauds éclaboussèrent son ventre. Il resta un instant allongé, dans la lueur rose de son fantasme, avant que des bruits derrière la porte ne le fassent bondir jusqu'à la salle de bains pour se nettoyer. Une fois lavé et vêtu d'un autre ensemble emprunté à Alexander, il traîna sa tête douloureuse jusqu'à la pièce commune.

Charlie l'attendait avec un sourire compatissant.

— Ça t'aidera pour la gueule de bois.

Elle versa dans un verre un liquide qui ressemblait à de l'eau.

— Merci.

Il s'assit et prit une gorgée. Certainement pas de l'eau. Ça avait un goût médicinal.

— J'ai commandé plusieurs plats : des scones, des œufs, du bacon.

Elle souleva les cloches d'argent qui recouvraient les assiettes.

— Je ne savais pas ce dont tu aurais envie.

Il la fixa par-dessus la table, pensant qu'il avait surtout envie d'elle. Sa petite séance de la matinée n'avait fait qu'aiguiser son appétit. Il remua sur sa chaise et se mit à réciter mentalement le tableau périodique, puis attrapa un scone.

— Je suis désolé pour hier soir.

— Ce n'est rien, dit-elle doucement. J'aurais dû te prévenir que le vin tribiscal est très fort. Même la plupart des dragons adultes n'en boivent pas autant que toi.

— Et tes parents humains ?

— Les sorcières n'en boivent pas du tout. Un seul verre peut mettre une sorcière à terre. Mon oncle Nick en prend parfois deux, mais il est habitué.

Il mâcha son scone en silence, ses paroles de la veille lui revenant en mémoire.

— Ce que j'ai dit hier soir…

— C'était gentil.

— C'était déplacé. Tu n'as pas besoin que je commente ta vie amoureuse.

Il reprit une gorgée de son breuvage.

— Franchement, je me demande si tu as encore besoin de moi. Tu as l'arbre et les décorations. Les cookies sont ratés. Je pense que tu peux gérer le repas.

— En fait, les deux sont réglés.

Elle attrapa une boîte rose derrière elle.

— Ma mère raffole des biscuits terriens et la cuisinière sait les faire.

Elle poussa la boîte vers lui, dévoilant deux cookies parfaits aux pépites de chocolat. Il en prit un et mordit dedans. Ce n'était pas exactement comme dans ses souvenirs, mais bien plus réussi que sa tentative infructueuse.

— Délicieux.

— Elle m'a aidée à imaginer un menu contenant les plats préférés de ma tante. Elle assure que tout est d'inspiration terrienne.

Pourquoi avait-il l'impression que sa poitrine se comprimait ?

— On dirait que tu as tout sous contrôle. Alors… tu comptes me ramener aujourd'hui ?

Bien que ses lèvres esquissent un sourire, ses yeux restaient fixés sur sa boisson chaude.

— Je crains que ça doive attendre. Le passage entre dimensions est épuisant, et j'ai une réunion très importante à diriger.

Trop enthousiaste, il hocha la tête. *Bon sang, Liam, arrête de réagir comme un adolescent amoureux.*

— Plus tard, ça ira.

Cette fois, ses yeux se posèrent sur lui, son sourire redoublant d'éclat. Le délai semblait l'apaiser, et il se demanda si elle aussi luttait contre ces sentiments encombrants. Des émotions ridicules, compte tenu de leur situation. Il devait s'en souvenir.

— Je dois y aller. Fais comme chez toi. Ce soir, on pourra reparler de ton retour.

Elle se leva et ajusta la veste de son tailleur satiné.

— Je pensais vraiment ce que j'ai dit hier soir, lâcha-t-il. J'étais ivre mais pas au point de ne pas savoir ce que je disais.

Intérieurement, il se maudit, suppliant son cerveau de fermer sa bouche, mais son cœur ne voulait pas écouter. Elle lui adressa un sourire forcé.

— Tu as dit beaucoup de choses, Liam. Tu as notamment critiqué mes talents de décoratrice.

— Je pensais ce que j'ai dit sur les hommes d'ici. Tu les intimides. Par ta beauté et ton intelligence. Ce n'est pas à cause de tes ailes. Ils n'ont juste pas les épaules pour rivaliser avec quelqu'un comme toi. Tu les désarçonnes.

Elle pencha la tête.

— Est-ce que je te désarçonne, toi ?

Glissant son pouce sur sa mâchoire, il secoua la tête.

— Non, madame. Si nous étions du même monde, je serais à la hauteur sans problème. J'en profiterais à chaque seconde.

Avant qu'elle ne se détourne, il vit le rouge revenir délicatement colorer ses joues.

— Mais nous ne le saurons jamais, puisque nous venons de mondes différents, et comme tu l'as dit, nous ne pouvons pas risquer de recommencer, n'est-ce pas ?

Entendre ses propres mots fut comme un crochet au menton. Elle avait raison, bien sûr, mais bon sang, comme il aurait aimé qu'elle ait tort.

— Exact.

Elle attrapa un porte-documents sur son bureau et sortit sans rien ajouter.

Liam jeta un œil par l'entrebâillement de la porte de la salle de réunion, totalement captivé par Charlotte à l'intérieur. Elle présidait quelque chose qu'ils appelaient le Conseil des Anciens. D'après ce qu'il avait compris, les ambassadeurs des cinq royaumes s'y retrouvaient régulièrement pour régler leurs différends. Il ne s'était jamais intéressé à la politique, mais voilà plus d'une heure qu'il se tenait là, les pieds douloureux, incapable de partir. Elle dirigeait l'assemblée comme n'importe quel grand leader, réglant les questions délicates avec un mélange d'assurance et de grâce.

— Je comprends votre situation, ambassadeur Hermecles, dit-elle en accordant toute son attention au concerné, mais je ne vois pas exactement le rôle que vous aimeriez que le royaume de Paragon joue. Voulez-vous une aide directe pour lutter contre les escargots, ou un soutien économique le temps que vous régliez le problème ?

— Charlie est incroyable, n'est-ce pas ?

Liam se retourna d'un bond et se retrouva face à un homme terrifiant, immense, aux cheveux d'un blanc spectral et aux yeux argentés. Si un doute subsistait sur sa nature, il disparut en voyant les deux ailes de chauve-souris griffues qui dépassaient de ses épaules. Pour ajouter à son apparence inquiétante, des tatouages aux symboles étranges couvraient sa peau partout sauf sur le visage. Tous les dragons qu'il avait rencontrés jusque-là semblaient dangereux. Celui-ci donnait l'impression de ne pas seulement tuer mais d'aspirer votre âme s'il en avait envie.

— O… oui, en effet, balbutia-t-il. Elle est vraiment douée.

— Désolé si je t'ai effrayé. Je suis Marius, l'oncle de Charlie.

Encore un oncle.

— Tu dois être Liam. Mon frère m'a dit que tu l'aidais pour un projet.

Le sourire de Marius était assez aimable, même si son allure n'avait rien de rassurant.

— Oui, c'est vrai, même si je crois que nous touchons à la fin.

— Tu dois être impatient de rentrer chez toi, alors.

Liam reporta son attention sur Charlotte. Était-il impatient de rentrer ? Non. Son cœur se serra à cette idée. Il devait pourtant répondre quelque chose. Ça arriverait tôt ou tard, qu'il le veuille ou non. Il se força à hocher la tête en se tournant vers Marius.

— J'ai apprécié mon séjour ici, mais je suis sûr que mon absence sur Terre a déjà créé un sacré désordre.

— Charlie peut t'aider à arranger ça. Elle est très douée pour effacer les esprits.

Effacer les esprits ?

— Oh ?

— Oui, elle te proposera sûrement d'effacer tes souvenirs avec ton accord. Pas qu'on ait à craindre que tu racontes tout ça.

Personne ne te croirait. Mais ce serait peut-être plus simple pour toi. Ça t'éviterait de penser que tu as tout halluciné. En vérité, je te le recommande pour ta santé mentale.

L'idée que Charlie efface les derniers jours lui donna la chair de poule.

— Je ne veux pas qu'on me lave l'esprit. Je peux vivre avec ces souvenirs.

Marius leva les mains.

— Discutes-en avec elle, pas avec moi. C'est son problème, pas le mien. Je pourrais te ramener, mais elle s'en sort mieux. Moi, je peux franchir les dimensions. Elle, elle peut voyager dans le temps. Elle est très puissante.

— J'ai entendu un de ses autres oncles dire qu'elle n'était pas censée quitter Paragon. Pourquoi ?

Marius ricana.

— Incroyable. C'était lequel de mes frères ? Il t'a aussi confié les clés des salles aux trésors ?

— Il y a des salles aux trésors ?

Les ailes de Marius se déployèrent et se replièrent dans un mouvement agacé.

— C'était Colin, pas vrai ? Excellent pour les secrets militaires, catastrophique pour les secrets personnels.

— En réalité, il ne m'a rien dit de précis. J'ai juste entendu qu'elle devait faire attention.

— Oui, elle doit.

Comme Marius n'ajoutait rien, Liam insista.

— Pourquoi ?

— Ce n'est pas à moi de raconter cette histoire.

— Mais ce n'est pas sûr pour elle. Elle sera en danger en me ramenant ?

— Probablement pas. Pas immédiatement du moins.

— Vous pourriez être plus précis, grogna-t-il.

Est-ce que ça la blesserait de le ramener ? L'atmosphère terrestre était-elle toxique pour elle ? Qu'avait-elle risqué en l'amenant ici ? Mais la plus grande question restait : pourquoi ? Pourquoi avait-elle pris ce risque pour organiser une fête ?

Marius éclata d'un rire doux, comme si les questions de Liam étaient celles d'un enfant trop curieux.

— Comme je te l'ai dit, ce n'est pas à moi de te le révéler. Si tu veux savoir, il faudra le lui demander.

Le dragon attrapa la poignée de la porte.

— Je dois te laisser. Techniquement, je devrais être là-dedans à l'épauler, même si elle n'a nul besoin de moi. Ravi de te rencontrer, Liam de la Terre. Bonne chance… dans ce que tu choisiras de faire ensuite.

CHAPITRE 14

Charlotte termina sa réunion avec le Conseil des Anciens et rassembla ses affaires sur le bureau, impatiente de retrouver Liam. Mais au moment de se lever, Marius lui toucha le bras.

— J'ai rencontré Liam.

Elle se rassit, essayant d'avoir l'air innocente. Elle n'aurait jamais cru que Marius sache qui il était. Elle ne lui avait pas parlé de son projet ni du fait qu'elle avait sauté dans une autre dimension.

— Vraiment ? Quand ça ?

— Il t'observait par la porte quand je suis arrivé.

— Sérieux ?

Charlotte avait commencé la réunion, et Marius l'avait rejointe en cours. Depuis combien de temps Liam attendait-il là ?

— Oui, sérieux.

Il croisa les doigts sur la table de conférence.

— Il n'avait pas l'air pressé de rentrer. Tu peux m'expliquer ?

Elle s'adossa à son siège et soupira.

— Aucune idée. Ce matin, il paraissait impatient à l'idée de rentrer chez lui.

— Ah oui ? Parce que, quand j'ai parlé avec lui, il semblait étrangement protecteur envers toi.

Elle secoua la tête.

— Non. Je ne crois pas…

Marius passa son pouce le long de son sourcil pâle.

— Il voulait que je lui dise pourquoi tu n'étais pas censée quitter Paragon.

— Et tu l'as fait ?

— Non.

— Merci.

— Pourquoi ça compte, que je lui dise ou pas, Charlie ?

— Je ne veux pas qu'il s'inquiète pour ça.

— Pourquoi ça devrait t'importer, alors que tu as promis d'effacer sa mémoire ?

Elle grimaça.

— Alexander t'a dit ça, pas vrai ?

— Oui. Et il a raison. Alexander m'a expliqué que cet humain est un scientifique. Il cherchera à comprendre. Il pourrait parler. Ou se ronger l'esprit. Les esprits humains sont fragiles. S'il parle, les autres croiront qu'il est fou, ou bien il le deviendra à force d'y penser.

— Les esprits humains ne sont *pas* faibles. Et Nick ? Avery ? Clarissa ? Maman ? Son esprit à lui n'est pas fragile, Marius. Je sais que j'ai dit que j'effacerais ses souvenirs, mais je ne le ferai jamais sans son accord. C'est mal.

Il lui adressa un sourire en coin.

— Oh, Charlie.

— Quoi ?

— Tu as des sentiments pour lui.

Elle ricana.

— Ne sois pas ridicule. Je le connais depuis trois jours.

— Moi, je suis tombé amoureux de Harlow au premier regard.

Les étranges yeux argentés de Marius se firent lointains.

— C'était ton âme sœur. C'est différent. Et puis, vous vous étiez rencontrés quand elle était adolescente, non ? Tu n'es tombé amoureux qu'après ta résurrection.

Il s'adossa à son fauteuil.

— Avec le recul, je crois que je l'aimais déjà à ma façon.

Elle leva les yeux au ciel devant cette exagération.

— Où veux-tu en venir, mon oncle ?

Il se pencha vers elle, inspirant profondément.

— J'ai parlé cinq minutes avec cet homme, Charlie, et je crois bien qu'il ressent quelque chose pour toi aussi.

Elle inspira brusquement.

— Je... C'est impossible. Il rentre chez lui dans quelques heures.

Il se gratta l'arrière de la tête.

— J'ai vécu très, très longtemps, et l'amour – mon amour pour Harlow et les enfants – c'est ce qu'il y a de plus beau. Alors si tu as une chance de vivre ça...

— Ce n'est pas de ça qu'il s'agit.

— Comme tu l'as dit toi-même, tu n'es plus une petite fille. Tu es une femme puissante. Si tu veux quelque chose et que l'occasion se présente, saisis-la.

— Mais...

Marius lui lança un dernier sourire et sortit de la pièce, ses ailes argentées traînant derrière lui.

Charlie retrouva Liam dans ses appartements, debout sur le balcon, les mains dans les poches de son jean emprunté, contemplant le coucher des deux soleils de Paragon derrière les montagnes. Depuis son arrivée, elle s'était habituée au froncement de sourcils qui semblait gravé sur son visage. Ce soir, elle voyait autre chose. Une pointe de tristesse. Non, plus que ça, quelque chose qu'elle n'arrivait pas à nommer. Peut-être du désespoir. Elle aurait aimé que sa magie lui permette de lire dans son cœur, mais aussi puissante qu'elle soit, ce n'était pas en son pouvoir.

— Je sais que tu es sûrement impatient de rentrer, mais si tu acceptes d'attendre jusqu'à demain matin, j'aimerais t'emmener à Hobble Glen pour acheter des cadeaux à mettre sous l'arbre.

Il se tourna comme s'il remarquait seulement sa présence.

— J'aimerais voir Hobble Glen. Et puis, je suis sûr que tu es fatiguée après ta journée.

Elle ne l'était pas, mais hocha la tête malgré tout.

— Demain, alors. Prends une veste. Il fait froid quand les soleils se couchent.

Il ne prononça pas un mot de plus jusqu'à ce qu'ils soient dans la calèche. En vérité, il ne la regardait presque pas.

— J'ai rencontré Marius aujourd'hui, lâcha-t-il enfin, les yeux fixés sur la fenêtre.

— Il me l'a dit. Ne le répète à personne, mais c'est mon oncle préféré. On a toujours été très proches.

Liam s'humecta les lèvres, et un silence pesant s'installa entre eux. Au bout d'un moment, il reprit :

— Est-ce que ta proposition tient toujours, Charlotte ? Tu me révèles ton secret si moi je te révèle le mien ?

Elle se mordilla la lèvre. Quelle importance si elle le lui disait ? Dans une journée, elle ne le reverrait jamais.

— Oui, ça tient toujours.

Il posa son menton dans sa paume et fit craquer sa nuque.

— Tu avais raison. Il y a bien une raison pour laquelle je ne suis pas allé aux funérailles de mon père. Une raison plus personnelle qu'un simple désaccord sur les affaires.

— Quoi que tu me dises, je ne te jugerai pas. Ces choses-là sont souvent complexes.

Elle posa une main légère sur son genou.

Il couvrit sa main de la sienne, et elle attendit patiemment qu'il trouve ses mots.

— Quand je suis entré dans l'armée, ils ont accepté tous mes papiers au départ. Mais au bout de quelques mois, on m'a convoqué dans un bureau administratif. Il y avait un problème avec mon acte de naissance.

Il dut deviner qu'elle ignorait ce que c'était, parce qu'il précisa :

— C'est un document officiel terrien qui prouve ta filiation et ton lieu de naissance.

Quand elle acquiesça, il ajouta :

— Le mien était un faux.

— Quoi ?

— Tu as bien entendu. Et l'agent m'a montré en quoi mon document ne correspondait pas aux registres du comté où j'étais censé être né. Il y avait d'autres anomalies. L'acte n'était pas correctement embossé avec le sceau du comté. Ils avaient tenté plusieurs fois d'obtenir une copie officielle, pensant à une erreur, mais il n'existait aucune trace de ma naissance… nulle part.

— Oh, Liam, ça devait être si troublant.

— C'est un doux euphémisme. Je n'ai pas eu d'autre choix que de me tourner vers ma mère pour éclaircir ça. Mais elle n'a pas pu. En fait, quand je lui en ai parlé, tout est devenu plus compliqué. Elle m'a demandé d'abandonner, m'a proposé de laisser leurs avocats régler directement avec l'administration, mais je ne pouvais pas lâcher l'affaire. Je voyais qu'elle cachait quelque chose. Alors je suis allé voir mon père et je lui ai demandé la vérité. Ce n'était pas un homme tendre. Toujours du genre à jouer avec sa proie. Il n'a pas pu résister à l'envie de me dire la vérité, et il n'a rien fait pour en adoucir les bords tranchants.

Il cessa de parler, appuya sa tête contre le dossier et fixa le plafond de la calèche.

Charlie ne voulait pas le brusquer. Elle quitta sa place pour venir s'asseoir à côté de lui, serrant sa main dans la sienne. Avec ses ailes, c'était un peu étroit, mais elle se percha au bord du siège et attendit en silence.

Il prit une grande inspiration avant de poursuivre :

— Mon père avait une liaison avec une de nos domestiques. En réalité, il y en a sûrement eu plusieurs, mais cette histoire-là a abouti à une grossesse. Ma mère a menacé de divorcer, mais il contrôlait tous ses biens, toutes ses finances. Il avait la mainmise complète et une armée d'avocats derrière lui. Et ma mère voulait un enfant. J'étais le premier, Spencer et Kara n'étaient pas encore nés. Alors mon père a eu l'idée de payer cette pauvre femme pour couper tout lien avec le monde extérieur et accoucher en secret sur les terres des Morris. C'est le médecin privé de la famille qui m'a mis au monde, et les avocats de mon père ont fabriqué un faux acte de naissance quand le médecin a refusé de mentir sur le vrai. Après l'accouchement, ma mère biologique a été payée pour ne plus jamais parler de moi et renvoyée de son poste.

Charlotte dut se forcer à avaler. Elle n'arrivait pas à imaginer qu'on puisse arracher un enfant des bras de sa mère. Pas étonnant que Liam ait du ressentiment envers son père.

— Quand j'ai fini par apprendre son nom, ma véritable mère était morte, et le médecin qui m'avait fait naître aussi. Plus personne n'était au courant. Pas même mon frère et ma sœur. Et bien sûr, mon père m'a dit que si j'osais raconter cette histoire, il nierait tout. Ses avocats ont fini par obtenir un nouvel acte de naissance après que l'armée a commencé à poser des questions, cette fois enregistré correctement au comté. Je n'ai aucune idée de la somme que ça lui a coûté.

— Par tous les dieux, Liam, je suis tellement désolée.

Elle serra un peu plus sa main et enroula une de ses ailes autour de ses épaules.

Il croisa enfin son regard.

— Le pire, c'est que ce jour-là, j'ai perdu mes deux parents. J'ai méprisé mon père pour ce qu'il avait fait, mais j'ai aussi perdu ma mère. Pas parce qu'on n'avait pas les mêmes gènes. Ça, je m'en fichais. J'ai perdu le respect que j'avais pour elle. Elle a enduré l'infidélité de mon père pendant trente-huit ans. Tout est devenu limpide : ces choses dont on se souvient enfant mais qu'on ne comprend que plus tard. Elle a accepté son plan. Elle a même préparé un album photo avec des images mises en scène d'une fausse grossesse et de mon premier retour à la maison. Le mensonge était... incroyablement élaboré. Et à cause de ça, je n'ai jamais eu la chance de connaître ma propre chair et mon propre sang.

— Pas étonnant que tu n'aies pas voulu honorer sa mort. Comme ça a dû être douloureux pour toi. Il t'a placé dans une situation où tu devais redéfinir ton identité et il t'a laissé le faire seul.

Liam hocha la tête.

— Tu comprends sûrement pourquoi je n'aime pas en parler.

— Je comprends. Surtout à quelqu'un comme moi que tu ne connais que depuis quelques jours.

Il ricana.

— Quelques jours. Ça paraît plus long, non ?

Elle hocha lentement la tête.

— Comme si nous nous connaissions depuis des années.

— C'est vraiment étrange.

Leurs yeux s'accrochèrent et restèrent liés. Quand il détourna enfin le regard, il dit :

— Depuis sa mort, j'ai du mal à savoir quelle place je veux garder dans ma famille. Même si elle a été complice, ma mère n'avait que peu de contrôle. Elle était à sa merci, comme tout le monde. Et mon frère et ma sœur n'ont jamais rien su. Peut-être que, maintenant qu'il n'est plus là, je devrais leur donner une autre chance. Elle m'a demandé de venir cette année pour Noël, disant qu'elle avait une annonce importante. J'y pense.

Elle l'observa un instant, le cœur serré par la tristesse qui semblait ne jamais le quitter.

— Je ne peux absolument pas te dire quoi faire, Liam, mais je sais que si tu écoutes ton cœur, tu trouveras la bonne réponse.

Il acquiesça. La calèche s'arrêta, et le cocher ouvrit la portière.

— Nous sommes arrivés, dit-elle doucement.

Ils descendirent dans les rues de Hobble Glen, mais il refusa de lâcher sa main.

— Aussi impatient que je sois de découvrir cette ville, tu me dois un secret.

CHAPITRE 15

Le village de Hobble Glen semblait tout droit sorti d'un roman de Tolkien, avec ses chaumières aux toits d'ardoises et ses murs de pierre. Pour Liam, son plan évoquait vaguement Paris, avec une grande place centrale et des rues qui s'en déployaient en parts de tarte, encerclant le village qui s'étendait jusqu'aux montagnes au loin. Cependant, aussi charmante et fascinante que soit l'architecture, son attention s'y attarda à peine. Ce qui le captivait vraiment, c'était la femme à ses côtés.

Avouer à Charlotte qu'il était le fils illégitime d'un mégalomane était une chose que Liam avait redoutée, mais, d'une manière étrange, il se sentait plus léger maintenant. De toute sa vie, il n'avait jamais confié à personne l'histoire de ses parents. La seule encore vivante à savoir, en dehors de lui, était sa mère. Et pourtant, maintenant que Charlotte était au courant, tout paraissait plus réel, comme si ce récit clandestin de ses origines avait enfin un sens. Il découvrait que ça comptait vraiment. Au fil des années, la vérité avait fini par lui sembler inventée, comme un rêve qu'il ne pouvait oublier. La dire à voix haute lui donnait du poids, et il se rendait compte qu'il en avait eu bien plus besoin qu'il ne le pensait.

— Mon secret paraît bien fade maintenant que je connais le tien, dit-elle. J'ai presque honte de te le révéler de peur de rendre ta situation dérisoire.

Il l'attira contre lui et sourit contre son oreille.

— Oh non. Tu ne t'en tireras pas aussi facilement. Je veux savoir, même si c'est minuscule.

Elle s'arrêta et prit son visage entre ses mains.

— Tu sais, je t'avouerais bien un secret chaque jour si je savais que ça gardait ce sourire sur ton visage.

Il se surprenait à sourire bien plus que d'habitude depuis qu'il était ici. C'était grâce à elle, évidemment. Elle emportait la joie partout où elle allait. Impossible de ne pas sourire en sa compagnie.

Elle le tira à travers la rue bondée. Les gens les regardaient. Certains la saluaient d'une légère révérence. D'autres se détournaient, chuchotant entre eux. Il dut réprimer l'envie de les secouer par le col jusqu'à ce qu'ils la respectent enfin. *Oui, l'ange de Paragon est avec un humain. Passez à autre chose, bande d'idiots.*

— Mon secret est le suivant… commença-t-elle. Comme tu le sais, je suis différente des miens. Je ne suis pas un dragon comme mon père, ni une sorcière comme ma mère.

— J'avais deviné.

— Je suis un être céleste, la seule de mon espèce sur Ouros.

— Compris.

Où voulait-elle en venir ?

— Mais je ne suis pas la seule de mon genre.

La rue était pleine de passants, mais il ne voyait plus les boutiques pittoresques. Il resserra sa main autour de la sienne.

— Il y en a d'autres comme toi, sur d'autres planètes ?

— Dans d'autres royaumes.

Elle s'arrêta devant la vitrine colorée d'un magasin qui ressemblait à une confiserie.

— Quand j'étais enfant, je me suis retrouvée prisonnière dans l'un des niveaux des enfers. Marius est venu me chercher pour m'en sortir. Des êtres comme moi gardaient la porte. Enfin... pas exactement comme moi. C'étaient des monstres. Dépourvus de pensées et de sentiments. Utilisés pour protéger ce que les dieux voulaient protéger – dans ce cas, Hadès. On les appelait les gardiens.

— Il y a des niveaux aux enfers ?

Sa voix se brisa, et Liam fit de son mieux pour garder contenance.

— Oui. La façon dont tu vis détermine l'endroit où tu vas. J'ai été piégée dans un royaume que Marius appelait la Planète de Feu, un lieu affreux où il pleut des flammes et où les monstres règnent. C'était la première fois que j'ai dû utiliser ma magie défensive. J'ai créé un bouclier contre les gardiens, et mon oncle et moi avons pu nous échapper.

— Merci, mon Dieu.

Le cœur de Liam cognait dans sa poitrine. Il ne supportait pas d'imaginer Charlie enfant attaquée par des monstres dans un tel cauchemar.

— Après notre retour, ma mère a fait davantage de recherches sur mon espèce. Elle a trouvé très peu d'éléments, mais les scribes de Rogos ont fini par dénicher quelques parchemins anciens contenant des informations sur ce que j'étais. Elle a découvert que les dieux avaient autrefois croisé des dragons pour créer des gardiens. Vois-tu, ma mère n'est pas qu'une simple sorcière – elle descend de la déesse Circé. Je ne suis pas seulement à moitié humaine-sorcière et à moitié dragonne. Le sang d'une déesse coule aussi dans mes veines. Les autres comme moi naissent de l'union de dieux et de dragons, et ils sont asservis à la protection du dieu qui les a créés.

Liam fronça les sourcils.

— Mais toi, tu n'es pas une esclave.

— Non, je ne le suis pas. Mes parents m'ont conçue par amour. Mais je ne suis pas censée quitter Ouros, parce qu'ils craignent que si j'attire l'attention d'un dieu, l'un d'eux vienne pour moi, tente de m'asservir. Les dieux ne respecteraient pas ma liberté. Ils pourraient essayer de me capturer et de m'utiliser à leurs propres fins.

Il la serra plus fort, comme s'il pouvait la protéger lui-même des caprices divins. Merde, il ne croyait même pas en Dieu – au singulier ou au pluriel… jusqu'à cette semaine, en tout cas. Elle ne lui mentait pas, et il devait admettre qu'après tout ce qu'il avait vu et appris ici, une puissance supérieure était une réelle possibilité. Mais passer d'athée à agnostique ne signifiait pas qu'il appréciait ceux qui tiraient les ficelles, surtout s'ils menaçaient Charlotte. Et il se mit à se demander une chose.

— Si c'est vrai, pourquoi ne viennent-ils pas te chercher ici ?

Elle se tourna dans ses bras, ses longs doigts se posant sur son torse, et leva les yeux vers lui, ses iris bleus insondables l'attirant inexorablement. Si confiants. Si vulnérables. Génial… Après avoir accepté la possibilité de l'existence des dieux, il se sentait désormais comme l'un d'eux.

— Cette île est protégée par la déesse de la montagne. Elle vit ici, et tant que je suis là, je suis sous sa protection. Elle a donné sa bénédiction à mes parents. Mais si je pars, je suis hors de sa portée.

Il recula d'un pas, les propos de son oncle prenant soudain tout leur sens.

— Tu t'es mise en danger en venant me chercher ?

Elle soupira.

— Théoriquement. Mes parents se fient à de vieux parchemins et à des légendes. La vérité, c'est que les dieux sont sans doute trop absorbés par eux-mêmes pour savoir que j'existe ou s'intéresser à moi. La probabilité qu'ils me détectent et se donnent la peine de venir est très faible.

— Mais possible.

— Oui, possible.

Liam se crispa, la serrant encore plus fort.

— Peut-être que tu devrais laisser Marius me ramener.

Elle rit.

— Non. Il peut voyager entre les mondes mais pas remonter le temps. Moi, je peux te ramener à l'instant précis où je t'ai pris. Lui, non.

— C'est essentiel, en effet.

S'il ne retournait pas à ce moment-là, Noah serait déjà parti, et Liam serait présumé mort. Tout serait affreusement compliqué. Et bien que Marius ait dit que Charlotte pouvait lui effacer la mémoire pour arranger les choses, elle ne pouvait pas le faire si elle n'était pas celle qui le ramenait sur Terre.

— Ça va ? demanda-t-elle.

— Je ne veux pas t'oublier, lâcha-t-il brusquement. Marius a dit que tu pourrais effacer ma mémoire. Je veux que tu saches que je ne le veux pas.

Elle lui prit le visage.

— D'accord.

Son estomac se serra à l'idée du peu de temps qu'il leur restait ensemble. Ici, maintenant, contre elle, tout semblait étrangement juste. Elle connaissait la vérité à son sujet, et elle l'acceptait.

L'argent ne l'intéressait pas. Bon sang, elle ne comprenait même pas pourquoi son nom de famille avait tant d'importance pour lui. Ici, il n'était personne. Personne d'autre que ce qu'il était pour elle. Et pour l'instant, c'était suffisant.

— Je pense qu'après avoir partagé nos secrets, on mérite une glace, dit-elle en glissant sa main dans la sienne.

— Vous avez de la glace ?

— Oui, on en a, même si ma mère dit que c'est différent de la tienne, répondit-elle.

Elle le guidait vers un vendeur de rue où elle commanda une coupe d'un liquide fluorescent orange qui avait le goût d'un avocat écrasé fouetté au chocolat, et ce n'était pas exactement ce qu'il s'imaginait en entendant le mot glace.

— Tu aimes ? demanda-t-elle, la bouche pleine.

Il hésita à répondre, ne voulant pas gâcher l'instant.

— J'aime la manger avec toi.

Il détesta que cela ne sonne pas comme une réplique travaillée, car il le pensait sincèrement. Cette séparation allait lui faire mal.

Un doux rouge lui monta aux joues et fit fondre son cœur.

— Tu m'aides à choisir les cadeaux de Noël pour ma famille ? demanda-t-elle.

— Bien sûr.

Boutique après boutique, ils parlèrent des cadeaux traditionnels de Noël : pulls nordiques, luges, cravates de Noël criardes, et ainsi de suite.

Aucune de ses idées n'était vraiment adaptée à Paragon, mais ils trouvèrent une jolie bougie parfumée pour sa mère et une paire de boutons de manchette en or pour son père.

Les joyaux, apprit-il, étaient si omniprésents à Paragon qu'ils se vendaient pour une bouchée de pain, tandis que l'or, venu de Nochtbend, demeurait précieux.

— Que penses-tu de ça pour ma tante Avery ? demanda Charlotte en lui montrant un manteau long jusqu'à la cheville qui semblait de soie, léger comme l'air.

— Je ne connais pas ta tante, mais ça me paraît être quelque chose qu'une femme apprécierait, répondit-il en froissant le tissu entre ses doigts. Je n'ai jamais senti de matière pareille.

— C'est du vilt. Du très beau vilt. La propriétaire de cette boutique est unique, une maîtresse tisserande.

Il laissa retomber le bord du vêtement.

— En tant que princesse, je suis surpris que tu n'aies pas toute une garde-robe de ces pièces.

— Je pourrais si je le voulais. J'en ai quelques-unes pour les réceptions officielles, mais en porter tout le temps serait prétentieux et risquerait de me couper du petit peuple de Paragon, expliqua-t-elle. J'ai toujours voulu rester accessible.

Il secoua la tête, envahi par le respect qu'il éprouvait pour elle.

Elle lui avait dit qu'elle avait vingt-cinq ans selon le calendrier de la Terre, mais il avait l'impression qu'elle avait une maturité bien au-delà de celle de n'importe quelle femme humaine qu'il connaissait.

— Je me demande si tes parents voient ton potentiel, dit-il doucement. Tu n'es pas qu'une princesse, Charlotte, tu es un vrai *leader*, très douée. J'espère que ce Noël produira l'effet que tu attends, parce que je crois que tes parents t'ont sérieusement sous-estimée.

Elle avala difficilement sa salive.

— Merci pour ça, murmura-t-elle, puis elle alla vers la caisse et posa le manteau sur le comptoir avec une tunique qu'elle avait déjà choisie pour sa tante Clarissa. Parfois, j'ai l'impression que ma famille est trop proche pour me voir telle que je suis, tu vois ce que je veux dire ?

Il hocha la tête.

— Oui, je vois, répondit-il d'une voix rauque.

Bon sang, sa poitrine se serrait à l'idée de ne pas avoir été celui qui la voyait quand d'autres l'ignoraient, de ne pas avoir pu lui dire chaque jour à quel point elle était magnifique. Il déglutit.

— Je te vois, Charlie. Et je me sens chanceux de te connaître. Il n'y a personne comme toi. Nulle part.

Un joli rose colorait ses joues. Elle se détourna vite, le visage sérieux, et paya – avec ce qu'ils appelaient des *dragmars* dans cette contrée –, tandis qu'il se maudissait intérieurement d'avoir été aussi maladroit en avouant ses sentiments ; entre eux, un gouffre se creusa et une tension un peu gênante s'immisça.

Elle saisit les sacs et les accrocha à son bras.

— Je suis prête à retourner au palais.

Il prit ses sacs en silence et la raccompagna jusqu'à la calèche. Une fois qu'ils furent seuls et la voiture en route vers la maison, elle parla enfin.

— Je ne pense pas qu'il y ait quelqu'un comme toi non plus, Liam. Je sais que tu as dit que tu ne voulais pas me toucher, que tu avais peur de me promettre quelque chose que tu ne pourrais pas offrir ; et si je te disais que je n'ai aucune attente ? Je sais comment ça se termine, dit-elle en regardant ses doigts emmêlés sur ses cuisses. Et pourtant je te veux toujours. On ne reviendra jamais en arrière pour récupérer ce temps ; je veux juste savoir ce que c'est d'être avec toi avant qu'il ne soit l'heure de se dire adieu. Est-ce si mal ?

Liam n'en croyait pas ses oreilles, mais son corps, lui,

comprenait très bien. Son corps était prêt à lui donner ce qu'elle voulait sur l'instant. Une boule lui monta dans la gorge, et sa langue sembla enfler jusqu'à trois fois sa taille habituelle. La glace qui avait protégé son cœur à son arrivée trois jours plus tôt avait fondu depuis longtemps, et il ne restait entre elle et lui que sa volonté et quelques sacs de cadeaux de Noël.

Il donna un coup de pied aux sacs, les repoussant du pied. Quant à sa volonté, il la voulait. Y avait-il un moment où il ne l'avait pas désirée ? Y avait-il une raison de ne pas le faire ? Il n'en avait aucun souvenir. Et il n'avait pas l'envie de s'en souvenir.

Il se laissa glisser sur le siège à côté d'elle et posa sa main sur son genou.

D'un geste nonchalant, il caressa l'intérieur de sa cuisse avec le dos de ses ongles.

— Tes désirs sont des ordres, princesse.

CHAPITRE 16

Charlotte scruta Liam à ses côtés. Elle était persuadée que son corps allait exploser. Il ne fronçait plus les sourcils. La seule émotion qu'elle lisait sur son visage était un désir brut, sans détour. Et elle la partageait. Une chaleur soudaine s'accumula entre ses cuisses, et elle se pencha vers lui, les lèvres entrouvertes d'anticipation. Il ne la déçut pas. Il captura sa bouche de la sienne, son grand corps se pressant contre le sien, campé sur le bord du siège.

Elle se perdit totalement dans ce baiser. Sa langue effleurait la sienne, la taquinant, l'attirant. Ses doigts s'enfonçaient dans ses cheveux, les tirant dans une exigence muette. Elle glissa ses mains autour de sa nuque, et leur baiser devint presque brutal tant leur besoin était intense. Pour la première fois de sa vie, elle regretta de ne pas être du genre à porter des robes. Elle avait envie de l'enjamber, là, dans la calèche, et de le sentir en elle avant même sa prochaine respiration.

Mais le baiser enivrant prit fin lorsque la voiture s'arrêta. Liam s'écarta d'elle, attrapa les paquets et les plaça devant ses hanches avant que le cocher n'ouvre la portière. Charlie passa une main sur son visage, consciente que ce geste n'effacerait sans doute pas les preuves de ce qu'ils venaient de faire. Le conducteur était un dragon, et il pouvait sans aucun doute sentir le désir qui émanait d'eux. Il remarquerait sûrement aussi ses lèvres gonflées.

Heureusement pour eux, les domestiques du palais étaient réputés pour leur discrétion. Le cocher ne leur accorda guère plus qu'un bref regard quand elle descendit à la suite de Liam, et tous deux marchèrent côte à côte, à une distance convenable, jusque dans le palais. Personne ne sembla trouver à redire à leur passage à travers les couloirs vers ses appartements. Même lorsqu'ils croisèrent une employée de maison, celle-ci se contenta d'un simple bonjour, sans un mot de plus ni même un regard en coin. Charlie se sentit soulagée que ce ne soient que les domestiques et non ses oncles qu'ils rencontrèrent avant de s'engouffrer dans ses appartements et d'en verrouiller la porte derrière eux.

Il laissa tomber les sacs sur le canapé et retira la veste en cuir qu'il avait empruntée à Alexander, la posant à côté.

— Charlotte, si ce n'est pas ce que tu veux, dis-le-moi tout de suite. J'arrive à peine à respirer… je te désire tellement. Ne me fais pas languir si tu as changé d'avis.

En guise de réponse, elle retira ses bottes et les repoussa d'un coup de pied.

— Je n'ai pas changé d'avis. Et toi ?

En s'approchant d'elle, il secoua la tête, inséra ses doigts dans la ceinture de son legging, et se laissa tomber à genoux, lui ôtant le vêtement. Il le jeta sur le côté sans jamais détourner les yeux. Par tous les dieux, le voir ainsi, son grand corps à sa merci, déclencha en elle une tempête électrique, une bouffée de chaleur l'envahissant. Oh, que de muscles sous cette peau dorée. Il était certes humain, pourtant elle se sentait frêle face à lui… menue. Ses mains agrippèrent ses cuisses, écartant ses pieds, ses pouces effleurant son intimité.

— Tu es tellement mouillée pour moi, princesse.

La rugosité de sa voix rappelait la cendre brûlée. Il fit passer une phalange entre ses lèvres.

— C'est pour moi ?

— Oui, souffla-t-elle, incapable de reprendre son souffle.

Ses joues brûlaient. Elle n'avait jamais rien fait de tel avec un homme. Jamais un homme n'avait voulu ça. Mais Liam, si. Elle pouvait sentir son désir pour elle, comme un parfum de musc capiteux dans l'air, qui faisait tambouriner son cœur.

— Et ton odeur. Sais-tu à quel point tu sens bon ?

Elle secoua la tête. Elle ne pouvait pas parler, pas alors qu'il la regardait ainsi. Par tous les dieux, il glissa son nez sur la même trajectoire que ses phalanges, lui arrachant une inspiration tremblante. Sa respiration n'était pas la seule chose qui tremblait. Elle frissonnait dans sa poigne, désirant quelque chose qu'elle ne savait pas demander.

— Comme la lumière du soleil et les agrumes. Je me demande quel goût tu as.

Il laissa traîner sa langue à plat entre ses cuisses, murmurant son approbation. C'était ce dont elle avait besoin.

— Par tous les dieux, recommence, souffla-t-elle doucement.

Il lui adressa un sourire en coin et obéit.

Sans aucun doute, même s'il était celui à genoux, c'était elle qui était sous son emprise. S'appuyant sur ses épaules, elle renversa la tête et gémit lorsqu'il la lécha à nouveau, sa langue et ses dents libérant des vagues de plaisir délicieux. Le bout de sa langue tournoya autour de son clitoris, et elle crut que son âme allait quitter son corps. Cette pression merveilleuse revenait, comme auparavant, la base de sa colonne frémissant sous la sensation.

Par tous les dieux, lorsqu'il la pénétra avec sa langue, ses genoux tremblants faillirent la trahir. Il la soutenait en la tenant par les cuisses tandis qu'il accélérait, léchant, suçant, la griffant de ses dents, sa barbe frottant sa peau, rugueuse mais exquise. Chaud, humide, plus vite, plus fort. Une lumière dorée s'amassa autour d'elle, une sensation impossible à contenir.

— Putain, murmura-t-il contre elle tandis qu'elle se cambrait et que la lumière la submergeait.

Elle frémissait encore de plaisir lorsqu'il la souleva, noua ses jambes autour de sa taille et la porta jusque dans sa chambre.

— Par la Montagne, Liam, je n'ai jamais ressenti ça.

Il la posa au bout du lit et commença à lui enlever son haut. C'était une tunique mi-cuisse, maintenue par un corset attaché sous ses ailes. Il la fit pivoter pour défaire les lacets, nullement gêné par ses plumes.

— Tant mieux. Égoïstement, j'espère que ça n'arrivera plus jamais. Enfin, pas avec quelqu'un d'autre.

Par-dessus son épaule, elle aperçut les coins de ses yeux plissés dans un sourire sauvage. Il lança son corset et la tunique et la fit se retourner, la poussant sur le lit. Elle se laissa faire volontiers, déployant ses ailes sous son corps nu et le regardant pendant qu'il se déshabillait. Il saisit l'arrière de son T-shirt, le retira d'un mouvement.

Elle ne pouvait pas détourner les yeux. Ses épaules sculptées, larges et dorées, menaient à un torse parsemé de poils sombres qui descendaient en une ligne sur les reliefs de son ventre pour disparaître sous son jean bleu. Ses yeux restaient rivés aux siens alors qu'il ouvrait rapidement sa braguette et faisait glisser jean et sous-vêtement le long de ses jambes.

Son cœur battait à tout rompre lorsqu'il grimpa sur le lit et se plaça entre ses genoux, sa virilité fièrement dressée vers elle… bien plus imposante que celle de son ancien amant. Énorme, même. Magnifique. Elle la saisit dans sa main, son abandon à ses caresses lui arrachant un souffle frémissant.

— Mon Dieu, Charlotte, j'adore quand tu me touches.

— Je n'ai pas beaucoup d'expérience. Aucune expérience avec un humain, murmura-t-elle.

Il se pencha sur elle, les yeux mi-clos.

— Je pense qu'on peut découvrir ensemble.

Ses lèvres retrouvèrent les siennes, et il s'installa entre ses cuisses, sa main toujours autour de lui, coincée entre leurs corps. Elle fit glisser la tête de son sexe le long de sa fente, approfondissant le baiser tout en le guidant jusqu'à son entrée. Un profond soupir de soulagement s'échappa de sa gorge lorsqu'il la pénétra, rencontra de la résistance, se retira, puis revint à la charge. Il posa son front contre le sien.

— Tu es étroite.

— Et toi, tu es large.

Sa poitrine vibra de rire, puis, dans un dernier mouvement du bassin, il s'enfonça en elle.

— Si jamais tu parles de moi à l'avenir, commence par ça.

Charlotte ne s'était jamais sentie aussi proche de quelqu'un. Il écarta ses mains de chaque côté de sa tête et entremêla leurs doigts, couvrant son visage et son cou de baisers tendres, la vénérant. Lentement, si lentement, il entrait et sortait d'elle, remuant les hanches et attisant le feu entre eux. Elle s'alanguit sous lui, épousant son corps, ses ailes les enveloppant tous les deux et effleurant son dos alors que ses ongles griffaient sa colonne.

La pression recommença, amplifiée par les battements puissants de son cœur chaque fois qu'il s'arrêtait pour la regarder dans les yeux ou serrait ses doigts contre le matelas. Ses hanches vinrent à la rencontre des siennes, à la recherche de ce qui lui échappait encore. Elle en voulait plus.

— Liam, plus vite.

Il enfouit son visage dans son cou, grogna en accélérant le rythme jusqu'à ce que ses coups deviennent brusques et puissants. Elle suivit chaque va-et-vient. Le frisson grandit, puis explosa le long de sa colonne, son corps se cambrant tandis que la lumière pulsait sous sa peau. Il cria et se retira, son orgasme le submergeant alors que des jets chauds se répandaient sur son ventre.

Appuyant son front contre le sien, il haleta dans l'espace entre eux. Elle haletait aussi, le cœur battant, l'âme encore tendue vers lui. Ils restèrent ainsi un moment, silencieux mais parfaitement en phase, son cœur battant à l'unisson avec le sien. Ses yeux dérivèrent vers le désordre qu'il avait laissé sur son ventre.

— Je vais chercher de quoi te nettoyer.

Elle faillit protester quand il se dégagea d'elle et que l'air froid envahit l'espace qu'il avait déserté. Il ne s'absenta qu'une minute avant de revenir avec une serviette humide, mais cela lui sembla une éternité. Après, il se blottit contre elle, la prenant en cuillère, niché entre ses ailes.

— Liam ?

— Oui ?

— Je ne m'attendais pas à quelque chose d'aussi intense.

— De la part d'un humain ?

— De qui que ce soit.

Il soupira contre sa nuque.

— Dis, Liam ?

— Oui.

Sa voix semblait ensommeillée.

— Tu veux rester un jour de plus ?

Elle retint son souffle. C'était audacieux de demander à quelqu'un de sacrifier un jour de plus de sa vie pour quelque chose qui ne pouvait mener nulle part.

Elle le sentit appuyer son front entre ses omoplates, l'entendit avaler sa salive.

— Un jour de plus.

Elle sourit dans son oreiller.

— Bien. Je veux t'emmener faire une croisière sur la rivière Sanguine. Peut-être qu'on pourrait aller à Rogos pour voir la migration des escargots. C'est un énorme problème pour eux, mais une merveille à contempler.

— *Tu* es une merveille à contempler, murmura-t-il contre son dos.

Elle laissa échapper un petit rire.

— Tu ne peux pas passer toute la journée à me fixer.

— Défi accepté. Moi, je peux. Regarde-moi faire.

Il déposa un baiser sur sa nuque.

— Pour être honnête, je serais parfaitement heureux si on passait toute la journée à explorer ce lit et à se découvrir encore et encore.

— C'est tentant, souffla-t-elle.

Ses paupières devenaient lourdes, irrésistiblement attirées par le sommeil. Elle ne se souvenait même plus de la dernière fois où elle avait eu envie de dormir. Chaque nuit, elle se contentait de suivre le rituel, mais son corps avait besoin de si peu de repos qu'elle ne se sentait jamais vraiment fatiguée. Pourtant, là, avec le bras de Liam autour d'elle, baignée de chaleur et de tendresse, elle ne pouvait plus résister à cette douce torpeur.

Elle était presque endormie quand elle l'entendit chuchoter :

— Il y a huit planètes dans le système solaire de la Terre, cent milliards dans notre galaxie, mais s'il devait y avoir une seule personne que je pourrais aimer dans tout l'univers et à travers les royaumes, ce serait toi, Charlotte.

Sa respiration se fit régulière, et la sienne suivit le même rythme. Enfin, elle se laissa glisser dans le sommeil.

CHARLOTTE SE RÉVEILLA EN SURSAUT AU SON D'UN GRONDEMENT de dragon et d'un courant d'air froid là où le corps de Liam reposait quelques instants plus tôt. D'un battement d'ailes, elle ouvrit les yeux et bondit sur ses pieds, horrifiée de découvrir son père tenant Liam par le cou, suspendu au bout de son lit.

— Papa ! Arrête ! Pose-le tout de suite !

— C'est qui, ce type, Charlie ? Et dépêche-toi de me répondre avant que je lui écrase la gorge.

— C'est mon...

Que pouvait-elle dire ? Amant ? Ami ?

— Petit ami.

Gabriel relâcha Liam dans un grognement. Il tomba lourdement au sol et s'écroula en boule, suffoquant. Elle se précipita à ses côtés et déploya une aile protectrice sur lui.

— Pour l'amour de la Montagne, couvre-toi au moins, râla Gabriel.

Elle attrapa son peignoir accroché au pied du lit où elle le laissait souvent, puis tira une couverture pour l'enrouler autour de Liam avant de lui tendre ses vêtements.

— Salle de bains, chuchota-t-elle. Laisse-moi gérer ça.

Il hocha la tête, massant toujours sa gorge, et disparut derrière la porte qu'il referma doucement.

Le regard brûlant de son père suivit Liam jusqu'à la fermeture de la porte, puis se reposa sur elle.

— C'est un humain. Tu peux m'expliquer comment tu t'es dégoté un *petit ami* humain ?

— Je l'ai amené ici pour qu'il m'aide à organiser une fête pour tante Avery. Je voulais un thème de fête terrestre.

— Noël, grogna-t-il. J'ai vu l'arbre dans la grande salle.

Elle acquiesça.

— Alors explique-moi comment il est passé de décorateur à nu dans ton lit ? demanda-t-il entre ses dents.

Elle baissa le menton.

— Ça s'est… juste produit.

Il ricana.

— Merde, Charlie. Il va falloir que tu apprennes à faire de meilleurs choix.

Un instant, elle resta sans voix, mais quand elle parla enfin, sa voix avait pris un tranchant inattendu.

— De meilleurs choix ?

— Tu ne peux pas te jeter dans le lit de tous ceux qui te regardent !

Les mots la frappèrent comme une gifle, et elle recula d'un pas.

— Je ne me suis jetée dans le lit de personne, mais même si c'était le cas, ce serait mon affaire. C'est mon corps. Je suis adulte et j'en fais ce que je veux.

Il gronda, montrant les crocs, sa poitrine se soulevant à

chaque respiration. Le roi Gabriel était une présence intimidante. Petite, il pouvait la figer d'un seul regard. Mais maintenant, elle se redressa, son pouvoir crépitant dans l'air autour d'elle. Elle ne se laisserait pas rabaisser pour ce qu'elle avait vécu la nuit passée. Le souvenir brillait encore comme un soleil chaud dans son cœur. Rien au monde ne la ferait regretter, encore moins la désapprobation de son père.

— J'ai des sentiments pour lui, père, et je ne regrette rien. Tu lui dois des excuses.

— Hors de question, grogna-t-il. Tu sais très bien que tu ne peux pas le garder. Ce n'est pas un chiot. Tu ne peux pas arracher un humain à sa vie et le déposer à Paragon comme si c'était ton jouet.

Elle serra les mâchoires.

— Bien sûr que non. Ce n'est pas comme ça que ça s'est passé.

— Donc, tu as quitté Paragon sans notre permission, alors qu'on t'avait prévenue que c'était dangereux.

— Je suis partie à peine quelques minutes.

— Et tu as ramené un étranger d'un autre monde dans notre palais, alors que tu savais que ça pouvait représenter un risque.

— Il ne menace personne.

— Quand repart-il ?

— Demain.

Elle grinça des dents.

— Qu'est-ce que tu fais ici, d'ailleurs ? Je croyais que tu ne devais pas rentrer avant des semaines.

— De toute évidence, grogna-t-il, la toisant avec désapprobation. Le sort a fonctionné. Nous en sommes à la période d'attente jusqu'à ce que Nathaniel et la reine Penelope estiment qu'il peut être levé… deux semaines. Mais ta mère tourne déjà en rond. Je suis venu chercher quelques romans à la bibliothèque pour l'occuper, elle et ses sœurs, en attendant.

— Dis-leur que je les aime, dit-elle, soulagée de le voir repartir.

— Tu viens avec moi. Je ne te laisse pas seule ici après ça.

Elle se crispa. Il ne pouvait pas être sérieux.

— De quoi tu parles ?

— Je viens voir comment tu vas et je te trouve nue dans le lit d'un inconnu…

— Ce n'est pas un inconnu !

— En train de te perdre avec quelqu'un qui n'a rien à faire ici.

— Et en quoi est-ce que je me perdais ?

Pourtant, elle savait très bien ce qu'il insinuait. Traditionnellement, une princesse devait rester modeste, voire vierge, pour augmenter ses chances d'un mariage convenable. Mais cette philosophie était archaïque et sexiste, et elle, elle était différente. Ce n'est pas comme si des prétendants faisaient la queue à sa porte.

Son père avait l'allure d'un guerrier. Allait-il vraiment tenter de l'intimider pour ça ?

— Tu sais parfaitement comment. C'est évident que tu n'es pas encore capable de faire de bons choix, Charlie. Je t'emmène à Darnuith avec moi, là où je pourrai te surveiller. Marius prendra la relève ici.

— Je n'irai nulle part, répliqua-t-elle. Je dois ramener Liam.

Il pointa un doigt rageur vers le sol entre eux.

— Alors ramène-le MAINTENANT ! Je t'attends dans la grande salle dans trente minutes.

Jamais, de toute sa vie, Charlie n'avait vu son père aussi furieux ni ressenti autant de haine pour son comportement. Une fois, quand les relations avec Nochtbend étaient particulièrement tendues, il avait élevé la voix ainsi, mais jamais son courroux n'avait été dirigé contre elle, pas même quand, enfant, elle avait accidentellement incendié la salle à manger. Tandis qu'il claquait la porte derrière lui, son ventre se noua de chagrin. Il avait tort. Ce qui s'était passé avec Liam devait arriver. Elle l'avait voulu. C'était la plus belle nuit de sa vie. Et malgré tout l'amour qu'elle portait à son père, elle le haïssait de l'avoir gâchée.

Enfilant ses vêtements à toute vitesse, elle rejoignit Liam dans sa salle de bains.

— J'aurais tellement voulu que tu restes encore un jour, mais il faut qu'on parte.

Il hocha la tête, gardant ses distances. Tous les murs qu'elle avait pris soin d'abattre semblaient s'être relevés d'un coup.

— Ce n'est pas grave. Je suis prêt.

CHAPITRE 17

À trente-huit ans, Liam avait déjà vécu plus d'une situation gênante où on l'avait surpris au lit avec une femme.

La première fois, il avait dix-sept ans et la mère de sa petite amie était entrée dans la pièce. La deuxième fois, c'était face à un ex-mari en colère. Mais il pouvait compter celle-ci comme une première. Se faire attraper par le cou par un colosse de camion-benne qui le tirait hors du lit et le secouait comme une poupée de chiffon était une expérience qu'il ne souhaitait pas revivre, même si partir sans Charlotte allait lui briser le cœur.

— Je te ramène au moment exact où je t'ai amené ici, dit-elle. Ce sera comme si tout cela n'était jamais arrivé.

Comme si tout cela n'était jamais arrivé, répéta-t-il dans sa tête.

Ils s'étaient déplacés vers sa salle de rituels où il avait revêtu ses vêtements d'origine et où elle l'aidait à attacher la grande combinaison rouge. Il enfila son casque avant d'être tenté de l'embrasser une dernière fois. Cela n'aurait fait qu'empirer les choses.

Il avait déjà l'impression que quelqu'un lui plongeait une

grosse pince dans la gorge pour lui arracher le cœur par la bouche. Sa peau le faisait souffrir à chaque fois qu'il imaginait ne plus jamais la revoir. La seule chose à faire était de refuser d'y penser et de se concentrer sur le retour au travail qu'il avait laissé en plan.

Casque en place, il remonta son équipement. Oxygène : quatre-vingt-dix-neuf pour cent. Température normale. Fréquence cardiaque dans les normes.

— Je suis prêt, dit-il en trouvant un point sur le sol où fixer son regard.

N'importe quoi pour éviter de la regarder.

Au centre du symbole au sol, elle écarta les mains, et une fenêtre s'y déploya. À travers, il put voir son rover, phares allumés dans la neige. Elle ajusta la position de ses mains et le voilà. C'était l'instant précis où elle était arrivée.

Elle passa son bras sous le sien, son contact presque imperceptible à cause du rembourrage de la combinaison. La fenêtre s'agrandit. Elle fit un pas en avant, et quelques secondes plus tard, il se retrouva debout sur la glace, sous les phares de son rover arctique.

— Liam, tu es là, mon pote ? lança Noah dans son intercom.

À toute vitesse, il tourna jusqu'à apercevoir son visage à travers la visière et la larme qui traçait une route scintillante sur sa joue, défiant d'une façon étrange le froid glacial.

— Au revoir, Liam, souffla-t-elle.

— C'était réel ! cria-t-il, tendant la main vers elle. C'était réel !

Je t'aime, ajouta-t-il mentalement, même si cela ne pouvait pas être vrai. Il ne l'avait pas connue assez longtemps pour l'aimer. Il ravala ses mots. Elle recula d'un pas, puis d'un autre, hochant la tête et articulant silencieusement : *C'est arrivé.* Puis elle disparut.

— Qu'est-ce qui se passe, mec ? demanda Noah. Il te faut un sauvetage ?

Les larmes coulèrent, chaudes, contre ses joues. Il ne pouvait pas les retenir et n'avait aucun moyen de les essuyer. Il les laissa tomber sur le col de sa combinaison.

— Je vais bien, Noah, dit-il dans son micro. Je t'expliquerai quand je serai rentré. J'arrive.

DEUX SEMAINES PLUS TARD, LIAM POSA LE PIED À CHICAGO, SES échantillons de glace à la main et avec un sacré ressentiment qu'il traînait comme une valise trop lourde. Il n'avait pas fallu grand-chose pour convaincre Noah et le reste de l'équipe qu'il avait aperçu une forme dans la tempête de neige qui ressemblait étrangement à une personne.

Ils s'étaient gaussés de son petit déraillement mental, l'avaient taquiné sans pitié, puis étaient vite retournés au travail. Ils avaient évacué le camp de base et regagné la civilisation, et il avait entreposé ses prélèvements de glace au labo universitaire où il comptait poursuivre ses recherches avant de rentrer dans son studio de Lake View.

Mais en poussant la porte de son appartement, l'intérieur lui parut aussi froid que l'Arctique qu'il venait de quitter. Il avait vécu ici des années sans jamais remarquer à quel point c'était vide.

Il laissa tomber ses sacs sur le lit et s'assit au bord. Charlotte lui manquait jusque dans sa chair. Peut-être qu'il devrait adopter un chien. Peut-être qu'il devrait consulter un psy. Peut-être qu'il devrait se mettre à boire.

Il contempla sa kitchenette et la bouteille de bourbon posée sur le frigo. C'était un cadeau de Noël d'un collègue professeur qu'il avait aidé dans ses recherches. Il ne l'avait jamais ouverte.

Il traversa l'appartement et la prit, chassant la poussière sur l'étiquette. Il la déboucha et se servit un verre. Merde, il ne voulait pas de bourbon. Il rêvait de vin tribiscal. Il but un autre verre. Ce n'était pas satisfaisant, mais il se dit que l'alcool pourrait peut-être engourdir ce qui tournait dans sa tête.

On frappa trois coups à la porte. Probablement Mme Thornton du couloir, pensait-il, avec le courrier. En gémissant, il posa son verre sur la table et alla ouvrir.

Charlotte se tenait dans l'embrasure, et pourtant, ce ne pouvait pas être la Charlotte qu'il connaissait. Cette personne n'avait pas d'ailes et portait des vêtements humains.

— Salut, dit-elle, et il crut que ses jambes allaient flancher en entendant enfin sa voix.

— Salut, balbutia-t-il. Qu'est-ce qui est arrivé à… ?

Elle porta un index à ses lèvres et désigna l'intérieur de l'appartement. Il s'écarta pour la laisser entrer, refermant la porte et la verrouillant derrière elle, comme si ce mécanisme pouvait la garder là.

— J'ai utilisé de la magie pour les cacher, dit-elle en montrant l'endroit où étaient ses ailes. Pour pouvoir venir te voir. Je dois te dire que, dans ma ligne temporelle, je t'ai quitté il y a seulement quelques minutes. J'ai employé la magie pour savoir quand tu serais à Chicago. Je ne me suis arrêtée à Paragon que le temps d'emprunter des vêtements humains à ma mère. Je sais que ça a été plus long pour toi.

— Deux semaines.

— J'ai dû attendre que tu sois de retour.

Il avait mille questions qui tournaient dans sa tête. Ils devaient parler, il en était conscient. La communication comptait. Mais pour l'instant, les mots ne venaient pas. Il se contenta de lui montrer ce qu'il ressentait. Il se jeta sur elle, l'embrassa avec une urgence qui la plaqua contre le mur, se pressant contre elle. Elle laissa échapper un soupir tendre dans sa bouche et passa les bras autour de sa nuque. Ce n'est qu'après un long baiser qu'il se détacha.

— Comment tu m'as retrouvé ? demanda-t-il.

— Avec de la magie... et Google. Il y a douze Liam Morris dans cette ville, mais un seul habite à Lake View.

Il écarta délicatement les cheveux de son visage.

— Je suis tellement content que tu sois venue, mais que fais-tu ici ? Je croyais que ton père...

— Je me fiche de ce que veut mon père, Liam. Je sais ce que je veux, et je veux être ici. Alors je t'ai déposé au pôle Nord, je suis retournée à Paragon, je me suis changée, puis j'ai traversé les dimensions pour venir te trouver.

Entre eux, ses mains formèrent deux poings.

— Toute ma vie, j'ai fait ce qu'on me demandait. J'ai obéi, j'ai suivi chaque consigne parce que rien n'avait vraiment d'importance à mes yeux. Faire les choses à leur manière ou à la mienne, ça ne changeait pas grand-chose.

Ses yeux croisèrent les siens.

— Mais toi, tu comptes, et quand j'ai essayé d'expliquer cela à mon père, il n'a pas voulu écouter. Et tout à coup, j'ai compris. Je suis adulte et j'ai le pouvoir d'aller où je veux. Je peux voyager dans le temps et l'espace. Et avec tout ce pouvoir à ma portée, l'unique endroit où je voulais être, c'était ici... avec toi.

Son cœur bondit malgré les avertissements de sa raison. Ils

ne se connaissaient que depuis peu, et si les légendes disaient vrai – que des dieux pourraient vouloir l'asservir – elle prenait un risque en venant.

Mais il ne parvint pas à évoquer ces dangers. Elle était là, dans ses bras, et il comptait savourer chaque instant. Un faible grondement résonna entre eux.

— C'était ton estomac ou le mien ?

— Le mien, dit-elle. Je n'ai pas mangé aujourd'hui. J'aurais pu le faire quand je suis arrivée, mais j'étais trop nerveuse.

— À propos de quoi ?

— J'avais peur que tu me rejettes.

Elle se mordilla la lèvre, plus vulnérable que jamais à ses yeux. Il ricana et secoua la tête.

— Jamais. Mais je n'ai rien à manger chez moi. Que dirais-tu d'un saut à l'épicerie ? On peut préparer le dîner ici, regarder un film ?

Sortir au restaurant était hors de question. Il voulait la garder pour lui ce soir, à la fois pour la protéger et pour qu'elle puisse déployer ses jolies ailes qu'elle gardait enfermées.

— Un film ?

Elle plissa les yeux, et il s'émerveilla encore de l'absence de technologie à Paragon.

— Comme du théâtre en direct, mais qu'on enregistre pour pouvoir le revoir après. Vous avez du théâtre en direct, non ?

— Oui, mais pourquoi l'enregistrer ?

— Parfois pour économiser de l'argent. D'autres fois pour la commodité. Avec un film, tu peux le regarder quand tu veux.

— Pourquoi ne pas le regarder en direct, alors ?

— Donne-lui sa chance. Je pense que ça pourrait te plaire.

Il posa son manteau matelassé sur ses épaules, puis attrapa un vieux blouson qu'il portait rarement dans le placard.

— Je n'ai pas besoin de ça, dit-elle. Je ne sens pas le froid.

— Il fait moins trois dehors. Tu dois le porter, sinon un grand cœur de Chicago voudra te conduire à un refuge pour femmes.

Elle passa ses bras dans les manches, et il prit sa main pour la tirer vers la porte. Une heure plus tard, l'estomac de Liam menaçait de le dévorer de l'intérieur et ils venaient juste de revenir à l'appartement. Même s'il disposait de tout le nécessaire pour un poulet vesuvio, il regrettait de ne pas avoir commandé une pizza. Il n'avait jamais imaginé que faire quelques courses prendrait autant de temps. Sous le flot ininterrompu de questions de Charlotte – de l'élevage des poulets à la culture des pommes de terre – ils avaient été plus lents que des escargots. Ensuite, il avait passé dix minutes à lui montrer des photos de vaches sur son téléphone, puis encore dix minutes à expliquer le téléphone.

— Tu peux déployer tes ailes, dit-il en appuyant sur des boutons pour préchauffer la cuisinière.

Il n'était pas un grand cuisinier, mais il savait préparer cette recette.

— Et les fenêtres ?

— Dans cette ville, personne n'y prêtera attention.

Elle rit, sortit un poivron rouge du sac et le croqua comme une pomme. Les petits bruits gourmands qu'elle fit lui apprirent qu'elle aimait ça.

— On devrait peut-être le laver d'abord.

— Pourquoi ? Je ne peux rien attraper.

Il la regarda un instant, puis arracha l'étiquette du produit. Devant son regard horrifié, elle engloutit le poivron – tige, graines et tout – en une bouchée. Elle l'avait avalé avant qu'il ait le temps de dire quoi que ce soit.

— Bon, alors il n'y a plus guère d'intérêt à le laver.

Il retourna à la cuisinière, fit chauffer de l'huile sur le feu, puis coupa rapidement des pommes de terre.

— Pourquoi personne n'y prêtera attention si je déplie mes ailes ici ? Y a-t-il d'autres personnes avec des ailes ?

Il se retourna et constata qu'elles étaient toujours repliées.

— En quelque sorte. Cosplayeurs. Mannequins de Victoria's Secret. De temps en temps, une drag queen. On voit difficilement mes fenêtres depuis la rue, mais si tu es à l'intérieur, personne ne posera de questions.

Il ajouta le poulet pour le faire dorer.

— Je ne sais pas ce que sont ces choses, mais je te fais confiance.

Ses ailes se déployèrent, faisant pulser son sang à nouveau et emplissant la petite cuisine de plumes. L'une d'elles tomba dans la poêle, et il la retira du bout des doigts.

— Désolée, dit-elle.

Il gloussa.

— Ce n'est rien.

Dès que tout eut pris couleur, il enfourna le plat et mit la minuterie.

— Comment as-tu appris à cuisiner ? demanda-t-elle.

Il haussa les épaules.

— On l'apprend quand on vit seul aussi longtemps que moi. Mais je ne dirais pas que c'est mon point fort. J'ai environ dix plats que je peux préparer sans déclencher le détecteur de fumée.

— Je n'ai jamais cuisiné mon propre repas, dit-elle, la voix triste.

Il ouvrit de grands yeux étonnés.

— Vraiment ? Jamais ? Même pas des œufs brouillés ?

Elle secoua la tête.

— Hmm. Bon, alors faisons ça aujourd'hui.

Il fouilla un placard et en sortit un saladier en verre.

— À quoi ça sert ?

— Pendant que le poulet cuit, on va faire des cookies aux pépites de chocolat. Je ne peux pas te laisser croire que ces monstruosités qu'on a faites à Paragon ressemblaient aux vrais de vrais.

— Ces biscuits étaient une insulte au mot cookie.

— Cela signifie simplement qu'on sait maintenant comment ne pas les faire. On ne peut que s'améliorer.

Il attrapa le sachet de pépites, le beurre, le sucre et la farine dans le placard. Ensemble, ils suivirent la recette, mais il la laissa faire tout le travail. Elle tassa la cassonade, battit les œufs, mesura la vanille. Quand la pâte fut prête, il en prit un peu sur son doigt et le lui tendit.

— On n'est pas censés le cuire d'abord ?

— Tu m'as rappelé récemment que tu ne peux pas tomber malade, alors fais-moi confiance, tu ne veux pas rater ça.

Elle se pencha et suçota la pâte sur son doigt, lui faisant oublier sa faim.

— Hmm.

— Ouais.

Seigneur, s'il n'avait pas été à moitié affamé, il l'aurait penchée sur le plan de travail. Un silence s'installa un instant tandis qu'il luttait contre ses fantasmes et décidait d'être un homme correct en la nourrissant avant de tenter de la ramener au lit. Soupirant, il déboucha une bouteille de prosecco et servit deux flûtes.

— Liam, est-ce que ça te va que je sois là ?

Il porta le verre à ses lèvres, puis lui donna l'autre.

— Bien sûr que ça me va.

— Mais à propos de ce que tu as dit, que tu n'es pas du genre à entretenir des relations... Je suis complètement dans ton espace ici.

Il fronça les sourcils.

— Combien de temps pensais-tu rester ?

Elle se mordilla la lèvre.

— Je ne veux plus être là-bas. Je m'y sens prisonnière. La façon dont mon père t'a traité le matin où il nous a trouvés m'a fait réaliser à quel point il me respecte peu en tant qu'adulte. Je me suis sentie étouffée. Mais je suis partie sans réfléchir à ce que tu ressentirais. Je peux rester chez mon oncle Tobias si tu ne veux pas que je sois ici.

Il prit une nouvelle gorgée, sachant ce qu'il voulait lui confier, mais craignant de le dire. C'était fou. Tout cela était fou.

— Je suis content que tu sois venue. Peut-être qu'on devrait vivre au jour le jour. Pour notre bien à tous les deux.

Elle hocha la tête.

— D'accord. Bien sûr.

— Selon toi, quelles sont les chances que ton père fasse irruption chez moi, me prenne par le cou et me balance par la fenêtre ?

— Zéro pour les deux prochaines semaines. J'ai voyagé dans le temps pour venir ici. Sa réalité est décalée de deux semaines. Et même si ma mère pouvait me joindre par magie si elle en avait, lui ne le peut pas, et elle ne retrouvera pas ses pouvoirs avant au moins deux semaines. Ça fait partie du sort qu'ils lancent à Darnuith. Ce serait long à expliquer.

Il agita la main.

— Non, je crois que j'ai saisi l'essentiel.

Il poussa un soupir de soulagement.

— D'accord. Il se trouve que je suis en vacances d'hiver ces deux prochaines semaines.

— Ah oui ? Oh, parce que Noël approche pour toi.

Il hocha la tête.

— Samedi.

Elle regarda le minuscule appartement.

— Tu n'as pas d'arbre.

— Je ne célèbre pas cette fête, habituellement.

Elle l'observa un instant, le scrutant.

— Tu ne fêtes pas Noël, mais tu es resté à Paragon pour m'aider à organiser une fête de Noël ?

Il opina du chef.

— J'étais intrigué.

— Par Paragon ?

Il esquissa un sourire en coin.

— Et toi.

Bon sang, il adorait quand elle rougissait. Il sortit une plaque à biscuits et lui montra comment espacer les tas de pâte. Elle le fit, sirotant son vin entre les rangées.

— Je n'arrive pas à croire que je sois allée au pôle Nord et que j'aie trouvé l'unique humain qui ne fête pas Noël.

Il renifla.

— Il y en a d'autres.

Une idée audacieuse lui traversa l'esprit, et malgré lui, il ne put la chasser. Il y avait un endroit où il pourrait l'emmener pour qu'elle vive un vrai Noël. Il lui devait cela. Il s'éclaircit la gorge.

— En fait, je crois me rappeler t'avoir dit que ma mère m'a demandé de revenir pour Noël cette année. Elle, euh, a laissé plusieurs messages cette semaine. Il y a une grande annonce. Elle veut que nous soyons tous là.

— Oh… Tu comptes y aller ?

Elle ne le regardait pas. Du Charlotte tout craché. Elle lui laissait la liberté d'y aller seul. Certainement pas. Ce n'était pas ce qu'il avait en tête.

— Pourquoi tu ne viendrais pas avec moi ? Ma mère organise un Noël traditionnel chaque année. Tu pourras voir comment c'est en vrai, je pourrai découvrir le contenu de cette fameuse annonce, et tu pourras… les rencontrer.

Elle cessa de façonner la pâte.

— Tu veux que je les rencontre ?

Il soupira.

— Non, pas vraiment. En réalité, j'ai peur que tu aies une mauvaise image de moi une fois que tu verras ma famille, mais je ne veux pas y aller seul. J'ai besoin de toi, pour être honnête.

Son front se plissa.

— Alors tu m'as. Et je ne te jugerai pas sur ce qu'ils sont. Pas plus que toi tu ne m'as jugée pour le comportement de mon père.

— D'accord.

La minuterie sonna, mais il ne trouva pas les maniques.

— Je m'en occupe.

Elle sortit la plaque à mains nues. Il secoua la tête. Et dire qu'il ne croyait pas en la magie.

— JE N'AI JAMAIS EU LE VENTRE AUSSI PLEIN DE TOUTE MA VIE, dit-elle en se lovant contre son épaule, les jambes repliées sous elle.

Ils s'étaient empiffrés de poulet avant d'enchaîner avec des cookies aux pépites de chocolat qu'ils avaient tous les deux trouvés bien meilleurs que ceux qu'ils avaient tentés à Paragon. Elle en avait déjà englouti quatre quand lui avait à peine terminé le premier.

— La nourriture de la Terre est incroyable.

— Ça peut l'être. Mais parfois c'est vraiment de la merde. Je ne mangerais jamais de sushi venant d'une station-service.

— Pas de sushi d'une station-service, compris. Vu que je ne sais pas ce que c'est ni l'un ni l'autre, je pense que je ne risque rien.

Il embrassa sa tempe et appuya sur la télécommande.

— C'est l'heure du film.

— Comment s'appelle cette pièce ?

— *Elfe*. Je crois que tu vas adorer. C'est l'histoire d'un lutin qui quitte le pôle Nord pour New York afin de retrouver son véritable père.

— Il ne sait pas qui est son père ? Comme c'est triste.

Il sourit tandis que l'histoire se déroulait, et très vite Charlotte riait si fort que le canapé en tremblait. Lui, il suivait à peine ce qui se passait à l'écran. Il n'arrivait pas à détacher son regard d'elle. Depuis le moment où elle avait franchi sa porte, il ne pensait qu'à lui faire de nouveau l'amour, mais pour une raison étrange, il n'avait pas envie d'agir de manière impulsive ce soir. Après avoir tourné et retourné ces pensées contradictoires, il comprit qu'il voulait qu'elle sache qu'il tenait à elle pour bien plus que ça. Il voulait qu'elle se sente en sécurité avec lui. Qu'elle se sente chez elle.

Putain, il était foutu, il avait un énorme faible pour cette fille.

— Tout va bien ? demanda-t-elle.

— Oui. Pourquoi ?

— Tu fronces les sourcils pendant un passage drôle.

Elle battit des paupières, ses yeux d'un bleu incroyable

plantés dans les siens. Il jeta un coup d'œil à l'écran pour voir Will Ferrell se faire tabasser par Peter Dinklage et laissa échapper un rire.

— Désolé, je pensais à autre chose.

— À quoi ?

— Au travail.

En réalité, il pensait à elle et à ce que ça signifiait qu'il s'inquiète davantage de son départ que de la durée de son séjour. Mais il n'avait pas besoin de le lui dire.

— Je ne te crois pas, dit-elle. Je sais quand tu mens parce que tes oreilles ne bougent pas.

Cette fois il éclata franchement de rire.

— Mes oreilles ne bougent pas ?

— Quand tu te forces à sourire, elles restent parfaitement immobiles. Alors, à quoi tu pensais vraiment ?

— Tu crois que tu es en sécurité ici ?

— Tu veux dire à cause des dieux ?

Il opina du chef. Ce n'était pas ce qu'il avait en tête à l'origine, mais il espérait que sa sincère inquiétude se lirait dans ses… oreilles.

— Je crois que oui. Honnêtement, j'ai toujours pensé que cette peur était injustifiée.

— Peut-être que je devrais chercher la tête de Méduse, juste au cas où.

— Impossible. Athéna l'a soudée au centre de son bouclier, dit-elle d'un ton plat, sans voir qu'il plaisantait.

Elle appuya sa tête sur son épaule.

— Ne t'en fais pas, Liam. Si jamais les dieux viennent pour moi, je retournerai à Paragon d'un bond s'il le faut, mais je doute d'être en danger. Comment sauraient-ils que je suis ici ?

Il déposa un baiser sur sa tempe et pria pour qu'elle ait

raison. Elle dormait déjà quand le film prit fin, et il la souleva délicatement dans ses bras pour la porter au lit où il la borda, ailes comprises. Après être passé par la salle de bains, il se mit en caleçon et la rejoignit sous les draps.

Il sombrait presque dans le sommeil quand il l'entendit murmurer :

— Même si les dieux finissent par venir pour moi, être ici avec toi, aussi longtemps que ça durera, en vaudra la peine.

CHAPITRE 18

Le domaine des Morris était exactement tel que Liam s'en souvenait. L'immense maison de style Greek Revival se dressait sur une colline dominant le poste de sécurité où il avait stoppé sa voiture électrique de location.

— Nom ? demanda l'agente de sécurité, une femme noire dont l'étiquette indiquait « Ruby » et qui paraissait franchement contrariée de devoir travailler pendant les fêtes.

Elle les avait abordés sans même l'ombre d'un sourire.

— Liam Morris.

Elle feuilleta quelques papiers sur un classeur.

— Votre nom est sur la liste, Liam, mais je ne vois aucune autorisation pour un invité. Quel est votre nom, madame ?

— Charlotte, répondit-elle.

— Nom de famille ? exigea Ruby, visiblement agacée.

Liam écarquilla les yeux. Est-ce qu'elle avait seulement un nom de famille ? Personne à Paragon ne semblait en avoir, et il n'avait jamais pensé à poser la question.

— Tanglewood, dit-elle avec un sourire avenant.

Ruby tapa quelque chose sur son ordinateur.

— Elle n'est pas sur la liste, l'avertit Liam. J'ai oublié de prévenir ma mère que je l'amenais, mais si vous…

— Mme Morris vient d'approuver son entrée. Bienvenue, et joyeux Noël.

— À vous aussi.

Liam fronça les sourcils tandis que le portail en fer forgé s'ouvrait devant la voiture. Il n'avait pas dit à sa mère qu'il venait. Il espérait qu'elle se montrerait accueillante envers Charlotte, mais il refusait de se faire trop d'illusions. Il s'engagea sur l'allée sinueuse à allure modérée, repoussant le plus possible la confrontation inévitable.

— Oh, c'est magnifique ! s'exclama Charlotte, les yeux écarquillés devant les guirlandes de verdure, les petites lumières blanches scintillantes et les énormes nœuds rouges bordant l'allée, ponctués çà et là de pères Noël animatroniques ou de rennes entièrement faits de lumière blanche.

Tout avait été réalisé par des professionnels et respirait le raffinement, bien sûr. Le domaine des Morris n'aurait jamais toléré moins que l'excellence.

— Depuis combien de temps n'as-tu pas parlé à ta mère ? demanda Charlotte sans détacher son regard des décorations.

— Depuis le jour où elle m'a appelé pour m'annoncer la mort de mon père. En août.

— Et combien de temps depuis que tu l'as vue en personne ?

— Un an. J'ai passé quelques heures avec elle ici l'an dernier pour Noël.

Il tourna la tête et la surprit en train de le regarder. Elle était splendide dans la robe violette pailletée et le manteau en cachemire qu'il lui avait achetés pour l'occasion. Il n'avait jamais vraiment prêté attention aux vêtements féminins auparavant, mais la vendeuse du grand magasin s'était surpassée avec ce choix. Ou alors, Charlotte était simplement le genre de femme capable de vous couper le souffle même vêtue d'un sac de pommes de terre.

Il contourna la fontaine au centre du rond-point et gara la voiture, lançant les clés au voiturier avant de se précipiter pour ouvrir la portière et l'aider à descendre. Quand il se retourna, sa mère les attendait déjà sur le perron.

CHARLOTTE CONTEMPLA LA FEMME QUI SE TENAIT EN HAUT DE trois petites marches devant une bâtisse immense qui lui rappelait les demeures du district de Firedrake à Paragon, et un seul mot lui vint à l'esprit : redoutable. Cette femme n'avait rien d'une épouse soumise ni d'une mère effacée. Elle se tenait là telle une reine. Rien d'étonnant, finalement, à ce que la maison derrière elle ait des allures de château. Pas surprenant non plus que Liam se soit comparé à un prince.

La matriarche des Morris était aussi grande que son fils et avait une silhouette élancée ; sa veste verte brodée constituait un dessus sophistiqué à une combinaison en soie noire et des escarpins assortis aux semelles rouges éclatantes. Son cou, ses oreilles et ses doigts ruisselaient d'or et d'émeraudes qui auraient parfaitement trouvé leur place à Paragon, et ses cheveux d'un blanc pur – aussi blancs que ceux de Marius – étaient coupés court sur les côtés et hérissés sur le dessus. Ses yeux gris-bleu se dissimulaient derrière d'épaisses lunettes rondes noires. Ils différaient totalement de ceux, brun clair, de Liam, mais Charlotte se rappela qu'ils n'étaient pas liés par le sang.

— Quelle agréable surprise, dit-elle de ses lèvres rouge vif.

Quand Ruby m'a prévenue que mon fils arrivait avec une invitée, j'ai pensé que tu avais renoué avec Victoria.

Charlotte se crispa, la jalousie lui enserrant la poitrine de ses griffes acérées. Victoria devait être la femme dont Liam avait parlé, celle à qui il avait été fiancé. Leur relation avait-elle été si sérieuse pour que sa mère imagine immédiatement qu'ils soient de nouveau ensemble ? *Ne sois pas ridicule*, se reprit-elle. *C'est simplement la dernière partenaire connue de Liam.*

Elle fit un pas en avant et tendit la main comme elle avait vu les autres humains le faire.

— Bonjour, je suis Charlotte… Tanglewood.

La femme fronça les sourcils et garda ses mains dans ses poches. Charlotte jeta un regard interrogateur à Liam, son sourire se fanant. Avait-elle mal agi ?

— Excusez-moi, ma chère. Je ne serre plus les mains depuis la pandémie. On ne peut jamais être trop prudent avec les microbes.

Charlie fourra ses mains dans les poches de son manteau et hocha simplement la tête.

— Charlotte, voici ma mère, Anne, dit Liam puisqu'elle ne s'était pas présentée elle-même.

— Mais appelez-moi madame Morris jusqu'à ce que nous nous connaissions mieux.

Charlotte s'efforça de garder une expression neutre malgré cet accueil froid et discourtois. Mme Morris, elle, ne sembla pas se soucier le moins du monde de ce qu'elle pouvait penser. Elle sortit un étui doré de sa veste et en retira un mince cylindre blanc.

— Une cigarette, maman ? Vraiment ? Tu t'es mise à fumer maintenant ?

La voix de Liam vibrait d'une pointe de reproche.

— À mon âge, chéri, qu'est-ce que ça change ?

Elle en alluma le bout et aspira profondément la fumée.

— J'ai toujours trouvé l'odeur de la pipe de mon oncle Nathaniel plutôt agréable, dit Charlie, cherchant désespérément un élément positif qui pourrait lui valoir un peu de bienveillance de cette femme qui, manifestement, ne l'appréciait pas.

Mme Morris expira un long nuage de fumée et la toisa par-dessus ses lunettes.

— Tanglewood, dites-vous. Seriez-vous de la lignée des Tanglewood du Connecticut ?

Elle secoua la tête.

— De La Nouvelle-Orléans.

— Hmm.

Elle fit tourner sa cigarette dans l'air et soupira.

— Entrez donc. Spencer et Kara sont déjà là.

Là-dessus, elle fit volte-face et pénétra dans la maison. Quand Liam serra sa main, Charlotte le tira à ses côtés.

— Je suis sûre qu'elle est juste en train de gérer toutes les émotions qui la traversent en te revoyant après tout ce temps.

Liam écarquilla les yeux.

— Comment ça ?

— La raison pour laquelle elle nous traite avec autant de froideur.

Liam ricana dans sa barbe, les yeux plissés.

— Ça, c'est elle dans ses meilleurs jours.

— Très drôle.

— Je suis sérieux, Charlotte, murmura-t-il sans une once d'humour. Elle a toujours été comme ça.

Charlotte eut un frisson de dégoût. Elle tenta d'imaginer cette femme élevant un enfant et n'y parvint pas. Elle n'avait probablement pas toujours été ainsi.

Liam la conduisit à travers un grand hall où un homme en livrée noir et blanc prit leurs manteaux avant de les mener dans une pièce ornée d'un sapin de Noël décoré d'argent et de blanc. En fait, toute la pièce était meublée en blanc avec des éléments chromés, y compris le sol, d'un marbre blanc identique à celui de la salle de rituels de sa mère. La lumière naturelle inondait l'ensemble grâce à un mur de fenêtres.

Charlie n'avait rien contre le blanc, mais la pièce donnait l'impression que personne n'y avait jamais vécu.

— Viens dire bonjour à ton frère.

Mme Morris pointa sa cigarette vers un homme rondouillet, légèrement chauve, vêtu d'un pull rouge. Il se leva d'un fauteuil, ses yeux bleus s'agrandissant quand il la remarqua. Il claqua une grosse main dans celle de Liam.

— Liam, mon vieux. Ça fait plaisir de te revoir. Qui est-ce ?

— Spencer, voici Charlotte. Charlotte, mon petit frère Spence.

— Enchantée, dit Charlotte en tentant une nouvelle poignée de main.

Heureusement, il accepta, bien qu'elle soit dégoûtée par sa paume moite. À sa grande surprise, il garda sa main dans la sienne et en embrassa le dos. Elle adressa un regard ébahi à Liam.

— Tu t'es surpassé sur celle-là, petit frère. C'est un ange.

Charlie laissa échapper un petit reniflement, incapable de le retenir, et retira sa main, ne sachant que dire. Liam lança un regard noir à son frère, qui devait lui arriver deux bons centimètres en dessous.

— Katherine et les enfants nous rejoignent aujourd'hui ? demanda-t-il.

Spencer se racla la gorge.

— Katherine et moi, on prend un peu de distance. C'est temporaire. On règle quelques trucs. Les enfants sont chez sa mère cette année.

— Tu l'as trompée. À quoi tu t'attendais ?

Mme Morris expira la fumée au coin des lèvres. Charlie se raidit, gênée pour l'homme. Que ce soit vrai ou non, il ne méritait pas qu'on lui jette ça à la figure devant des inconnus.

— On essaie de régler ça, maman. On suit une thérapie.

Mme Morris posa ses yeux de glace sur Charlie.

— Je pense que toute cette foutue thérapie conjugale n'est qu'un stratagème pour dépouiller un imbécile de son argent. Ce dont les mariages ont besoin aujourd'hui, c'est d'un homme qui fasse l'homme et d'une femme qui fasse la femme. Il est temps que tu te comportes en homme et que tu la remettes dans le droit chemin, Spencer. Dis-lui qu'elle n'aura pas un centime si elle divorce. Tu engageras une armée d'avocats qui l'enseveliront sous tellement de paperasse qu'elle ne s'en sortira jamais.

— Bon sang, maman, marmonna Spencer.

— Ton père et moi, on n'est jamais allés en thérapie, Spencer. Roger savait tenir un foyer. Il n'y a aucune raison pour qu'un adulte ne puisse pas vivre sa vie, mais quand tu intègres cette famille, tu y restes.

Liam se raidit à côté d'elle, et Charlotte serra sa main en signe de soutien. Il la tira vers le bar.

— Allons boire un verre.

Charlie essuya sa paume sur sa robe et acquiesça. Elle se demanda s'il n'était pas difficile pour lui de garder le silence quand sa mère parlait ainsi de son père. Cette famille était étrange.

À Paragon, elle aurait cru qu'ils se détestaient à l'énergie qui régnait dans la pièce. Elle espérait ne pas en être la cause. Peut-être que venir aujourd'hui avait été une mauvaise idée. Ils n'avaient même pas atteint le bar qu'une femme entra et s'arrêta juste devant eux.

Elle n'avait pas besoin de se présenter pour être reconnue comme la sœur de Liam. Ses traits rappelaient ceux de leur mère, bien que ses cheveux soient bruns et qu'elle ne porte pas de lunettes.

— Liam. Oh, mon Dieu, je ne pensais pas te voir aujourd'hui après ton absence aux funérailles de papa.

On ne peut pas dire que les retrouvailles étaient chaleureuses, même si Charlotte perçut une nuance dans le ton, comme si la présence de Liam aux festivités leur faisait un peu de bien.

— Joyeux Noël, Kara. Où est Bill aujourd'hui ?

Les yeux de Kara survolèrent Mme Morris avant de revenir sur lui.

— Au travail, malheureusement. Le cabinet avait besoin de lui sur une affaire au Japon.

— Le Japon ! Si loin pour les fêtes, quel dommage !

— C'est fâcheux, répondit Kara.

— Deuxième année de suite, intervint Mme Morris depuis l'autre bout de la pièce.

— Je suis sûre qu'il viendra l'an prochain, dit Kara en levant les yeux au ciel.

Ces derniers se fixèrent ensuite sur Charlotte, critiques.

— Et qui est-ce ? demanda-t-elle.

— C'est ma petite amie, Charlotte, la présenta Liam.

Kara offrit un large sourire et lui serra la main.

— Où donc l'as-tu trouvée ? Laisse-moi deviner, mannequin de lingerie ou actrice ?

Bien qu'elle n'ait rien contre ces métiers, Charlotte n'apprécia pas le ton méprisant de Kara, comme si ces professions la rendaient moins digne. Du coin de l'œil, elle vit Liam ouvrir la bouche pour répliquer, mais elle le devança.

— Le pôle Nord, dit-elle en souriant. Nous avons travaillé sur un projet ensemble.

Kara laissa échapper un hoquet de stupeur.

— Tu es scientifique ?

Elle se redressa.

— Rien ne m'intéresse plus que de comprendre ce monde.

— Eh bien… euh… hmm.

Kara rabattit une mèche de cheveux derrière son oreille et rejoignit Spencer et Mme Morris près du sapin.

— Oh, des pains d'épice, s'exclama Liam en se tournant vers une assiette au bout du bar comme si l'échange n'avait rien eu d'inhabituel.

Il lui tendit un biscuit brun glacé de blanc. Elle le prit sans croquer.

— Que se passe-t-il, Liam ? murmura-t-elle. Ta famille a l'air de se détester. Ils sont si… peu accueillants.

Liam soupira.

— Je te l'ai dit. Ils sont comme ça. Tout fait partie de l'expérience de Noël.

Il fourra un biscuit dans sa bouche et mâcha.

— Pas étonnant que tu détestes cette fête, commenta Charlotte.

Un autre domestique en noir et blanc leur demanda ce qu'ils souhaitaient boire, et elle désigna Liam.

— Surprends-moi.

Liam commanda quelque chose qui s'appelait un Kentucky Buck.

— Essaie le biscuit.

Elle croqua dedans.

— C'est délicieux. Mais pourquoi tout le monde est si en colère ? Tu as dit qu'elle t'avait invité. Tout ça ne tourne pas uniquement autour du scandale de ta naissance, si ?

— Peu de choses tournent autour de moi en réalité, marmonna-t-il. Je ne suis pas certain qu'il y ait une explication à leur comportement. Ils sont riches et se croient tout permis, ça doit jouer.

— Par la Montagne. Je t'ai cru quand tu m'en as parlé, mais c'est tellement plus frappant en vrai.

Il hocha la tête.

— On partira juste après le dîner, je te le promets.

Le barman glissa un cocktail rougeâtre dans sa main. Elle le but, puis suivit Liam qui revenait vers le salon. Mme Morris écrasa sa cigarette dans un cendrier en céramique.

— Je dois avouer que, quand je vous ai demandé de venir cette année, je n'étais pas sûre que vous seriez tous présents.

— Ton appel a donné l'impression que c'était important, dit Liam.

— C'est important. La chose la plus importante que j'aie eu à vous annoncer depuis longtemps.

Spencer et Kara s'approchèrent, les glaçons dans leurs verres cliquetant.

— Comme vous le savez tous, quand votre père est mort, il m'a légué l'entreprise et tous ses biens. Il m'a fait connaître ses volontés quant à ces avoirs. Roger ne voulait pas qu'un sou aille à Liam. Il pensait que Spencer devrait obtenir la plus grosse part, étant le plus impliqué, et que Kara, en tant qu'avocate de la société, devrait recevoir le reste.

Charlotte ne put s'empêcher de remarquer que Kara croisait les bras et faisait la moue tandis que Spencer affichait un sourire si large qu'elle crut discerner des symboles de dollars dans ses pupilles.

Mais Liam soupira simplement.

— C'est pas nouveau. Je me fiche de l'argent.

— Ça a toujours été le cas, n'est-ce pas ? rétorqua Mme Morris. Je suppose que c'est la preuve que tu n'es pas des nôtres.

— Pas des nôtres ?

Kara tapa du doigt sur son biceps.

— De quoi tu parles ?

— Cette famille a gardé un secret pendant des décennies, et il est temps de tout tirer au clair.

— Maman, s'il te plaît ! s'écria Liam en levant la main.

Ce geste n'arrêta pas Mme Morris.

— Votre frère Liam n'est pas mon fils, dit Mme Morris d'un ton désinvolte. Il est le fruit d'une liaison entre votre père et une femme de ménage qui travaillait ici. Votre père a tout fait pour garder cela secret, mais j'en ai assez des secrets.

— Maman, ce n'est pas la bonne manière de procéder, protesta Liam.

— Attends, tu savais ?

Spencer jeta un regard furieux à Liam, qui acquiesça.

— Depuis des décennies.

— Oh oui. Nous savions, dit Mme Morris. Et ça a rendu Roger fou quand Liam a refusé de rejoindre Morrismart, vu d'où il venait. Il a toujours pensé que tu devrais être plus reconnaissant, Liam, pour le cadeau qu'il t'a fait.

— Cadeau ?

— Son nom de famille, bien sûr.

Elle laissa échapper un petit rire.

— De quoi s'agit-il, maman ? Pourquoi en parler maintenant ? demanda Liam avec une irritation palpable face à ce retournement de situation.

Charlotte ne pouvait que comprendre sa colère : cette révélation était une trahison de sa confiance.

— Parce que, comme je l'ai dit, l'argent est à moi maintenant et les dernières volontés de Roger sont enterrées avec lui. Il se trouve que je le serai bientôt aussi.

— Quoi ? s'exclama Kara, le souffle coupé. Mère ?

— Cancer. Stade quatre. Les médecins disent qu'il me reste six mois.

— Mon Dieu.

Spencer tendit la main vers elle, mais elle le repoussa d'un geste sec.

— Ressaisis-toi, Spencer.

Liam échangea un regard avec Charlotte avant de demander :

— C'était ça, la grande annonce ? Tu as un cancer ?

Sa mère acquiesça lentement.

— Je veux que vous connaissiez tous ma décision concernant l'argent. Mon argent. Mon entreprise. Ma décision, qui s'appliquera après ma mort. Roger n'a plus son mot à dire. C'est à moi.

Charlie se rapprocha de Liam et entrelaça leurs doigts. Elle ne pouvait imaginer ce que cela représentait pour lui : apprendre qu'il allait bientôt perdre sa mère, après avoir déjà perdu son père si récemment, et la voir ne penser qu'à l'argent qu'il n'avait jamais désiré.

— J'ai décidé de tout partager équitablement entre vous trois. Spencer aura l'entreprise et tous ses actifs. Kara et Liam, vous recevrez chacun une part équivalente lorsque le reste du patrimoine sera liquidé.

— Tu plaisantes ? dit Kara. Liam n'a pas fait partie de cette famille depuis des années ! Il n'a jamais participé aux affaires.

Mme Morris leva une main.

— J'aimerais changer ça, Kara. Liam, je veux te nommer associé silencieux. Tu toucheras l'argent sans avoir à lever le petit doigt. Tu pourras le dépenser dans tes petits projets.

— Mais il va juste le gaspiller dans des initiatives environnementales qui compliqueront encore la vie de Morrismart ! protesta Spencer, les yeux fous, en vidant d'un trait le reste de son verre.

— Il pourrait bien tout claquer en jouets pour chats, ça m'est complètement égal.

Mme Morris sortit une nouvelle cigarette de sa veste et en alluma le bout.

— Tous les papiers sont déjà signés avec mes avocats, et tout est béton, alors n'imaginez même pas le contester, c'est clair ? Je vous rayerais du testament si vite que vous n'auriez pas le temps de comprendre.

Spencer et Kara échangèrent un regard, leurs lèvres retroussées avec dédain. Liam, lui, restait immobile.

— Ça va ? souffla Charlotte.

Il ne répondit pas, le regard fixe. Mme Morris inspira une longue bouffée de fumée.

— Voilà. C'est tout. C'était la grande annonce. Maintenant, allons manger.

Elle s'avança vers le couloir, les laissant tous bouche bée derrière elle.

— Liam ? dit Charlie en lui frottant doucement le dos.

Il arqua un sourcil, puis hocha lentement la tête.

— Ouais. Ouais, ça va.

CHAPITRE 19

Liam remua, mal à l'aise, réalisant que ni son frère ni sa sœur ne diraient quoi que ce soit sur ce qui venait de se passer. Quelqu'un devait parler.

— Maman, arrête.

Elle s'arrêta et pivota sur ses talons ridicules. Quelle femme mourante portait des Louboutin ?

— Qu'y a-t-il, Liam ? Ne me dis pas que tu ne veux pas de l'argent. Je suis sincère quand je dis qu'il n'y aura aucune contrepartie.

Il secoua la tête.

— On devrait en discuter. Il n'y a vraiment rien à tenter ? Une chimio ? Une radiothérapie ?

Bon sang, pourquoi Spencer ou Kara ne prenaient-ils pas la parole ? Elle soupira.

— M'as-tu déjà vue abandonner sans tout essayer ?

— Non.

Liam croisa les bras et se redressa sur ses talons.

— Alors crois-moi, mon garçon. Maintenant, je ne veux pas

passer mon Noël à parler de cancer ni d'argent. Fais face ou pleure si tu dois, et allons dîner. À moins que tu veuilles partager une cigarette d'abord ?

Elle leva sa cigarette plus haut. Il secoua la tête.

— Oui. C'est probablement une sage décision. Tu as encore besoin de tes poumons.

Elle se détourna et s'avança vers la salle à manger. C'est là que son frère et sa sœur fondirent sur lui.

— C'est quoi ce bordel, Liam ? Depuis combien de temps ça dure ? siffla Spencer.

— Quoi donc ? demanda-t-il, sur la défensive.

— Oh, allez. Tu as dû manigancer quelque chose avec mère dans notre dos, l'accusa Kara. Qu'elle change d'avis aussi brutalement ? Eh bien, ne crois pas que je vais laisser faire sans rien dire.

Il secoua la tête et ricana.

— Je n'ai pas parlé à maman depuis qu'elle m'a appelé pour m'annoncer la mort de papa, et c'était une conversation de deux minutes. Je suis aussi surpris que vous.

Les yeux de Spence se réduisirent à des fentes.

— Tu es en train de suggérer qu'elle a fait ça toute seule ?

Croisant les bras sur sa poitrine, Kara leva les yeux au ciel.

— Bien sûr que non. J'envoie un texto au cabinet. Je veux voir les papiers.

— Vous ne vous inquiétez pas du tout du fait que notre dernier parent vivant soit mourant ? demanda Liam.

Ils le regardèrent tous deux et soupirèrent.

— *Si*, dit Kara, en appuyant le mot. Bien sûr que ça nous touche. Mais tu l'as entendue. Elle ne veut pas qu'on en parle maintenant.

Spencer poussa un long soupir.

— Écoute Kara, Liam. Ne gâche pas Noël.

Il lui tapota l'épaule deux fois, puis se dirigea vers la salle à manger avec Kara sur ses talons.

— Bon sang…

Liam ignorait pour quelle raison sa mère se comportait de la sorte. Mais qu'elle se sente coupable des péchés du passé ou qu'elle ait changé face à sa mort prochaine, il n'allait pas refuser ce cadeau. Il pourrait faire beaucoup de bien dans le monde avec cet argent. Et même s'il pensait qu'il devrait se sentir triste et accablé à l'idée qu'elle s'apprête à quitter ce monde, ces émotions n'étaient pas encore survenues.

Peut-être était-ce le choc.

— Tu es sûr que ça va ? C'était… intense, dit Charlotte.

Il hocha la tête.

— Oui.

Une pensée fugace lui traversa l'esprit en la regardant. C'était aussi une victoire pour sa relation avec Charlotte. Désormais, il pouvait lui offrir le train de vie auquel elle était habituée. Enfin, si elle décidait de rester. Et pourquoi ne le ferait-elle pas maintenant ?

Il prit sa main et la conduisit vers la salle à manger.

— Les humains sont si imprévisibles, chuchota-t-elle.

— Les dragons aussi, d'après mon expérience.

Il fit craquer sa nuque, se souvenant de la poigne de Gabriel. Elle laissa échapper un petit rire.

— En vérité, ce n'était pas entièrement imprévu. Je veux dire, je ne m'attendais pas à ce qu'il rentre si tôt, c'était surprenant. Mais mon père est un guerrier impulsif, doté d'un profond instinct de protection quand il s'agit de sa compagne et sa famille. Regarde ce qui s'est passé avec oncle Colin, et ce n'est que mon oncle.

— Ça semble noble.

Il fit de nouveau craquer sa nuque.

— Il finira par nous accepter, dit-elle avec assurance, les yeux tournés vers sa mère. Les gens changent.

Il ricana. Elle battit des cils.

— Tu ne le crois pas ?

— Tu as défié ses ordres. Je doute qu'il ressente une quelconque tendresse pour nous après ça.

Il tira sa chaise et l'aida à s'asseoir, puis s'installa à côté d'elle, mais les larmes qui perlaient dans ses yeux lui serrèrent le cœur.

— Mais oui, il est évident qu'il t'aime. Je pense qu'avec le temps, il finira par s'adoucir.

Elle lui adressa un large sourire.

— Que complotez-vous tous les deux, là-bas ? cria sa mère depuis le bout de la table.

Celle-ci pouvait accueillir vingt personnes, et à cinq, ils avaient l'impression d'être chacun dans un fuseau horaire différent. Liam attrapa sa fourchette et commença à picorer la salade de poires et de noix qui les attendait.

— Charlotte commentait simplement le bel arrangement de table.

Sous la table, elle saisit son auriculaire avec le sien.

— C'est un héritage familial, lança sa mère.

Liam le savait, bien sûr. La corne d'abondance en terre cuite appartenait à la famille depuis des générations, remontant à une arrière-arrière-arrière-grand-mère qui l'avait trouvée à Athènes.

— Charlotte n'a jamais entendu l'histoire, maman, lui rappela Spencer, arborant son sourire de vendeur de voitures.

— Oh, tu dois la raconter. C'est si glauque, ajouta Kara avec un frisson.

Charlotte sourit en croquant sa salade.

— J'adorerais l'entendre.

— Oh, c'est un vrai régal, dit sa mère. Une de ces histoires à dormir debout transmises au fil des ans – tu vois le genre. Tu as sûrement entendu ton lot de récits abracadabrants en grandissant à La Nouvelle-Orléans. Ils ne croient pas aux sorcières, aux vampires et au vaudou, là-bas ?

Charlotte avala sa bouchée et laissa échapper un petit rire.

— Entre autres.

— Parfait, alors tu comprendras l'ironie dans cette histoire.

Sa mère reposa sa fourchette et joua avec les émeraudes à son cou.

— Tout remonte à l'an 365, quand un tremblement de terre en Crète ouvrit une fissure dans la terre derrière la maison de l'ancêtre de mon mari. Elle s'appelait Iris Diamandis, ce qui signifie diamants, mais c'était trompeur. C'était une orpheline et une miséreuse sans mari, qui survivait à peine en se vendant dans la rue. La légende raconte que, lorsqu'elle s'avança vers la faille, elle aperçut un homme aveugle dedans, perché sur une corniche rocheuse dans le gouffre enflammé.

Le visage de Charlotte pâlit, et elle reposa sa fourchette. Liam serra sa main, mais elle était glacée.

— L'homme la supplia de l'aider et Iris obtempéra immédiatement, lançant une corde et l'aidant à sortir. D'après l'histoire, il fut si reconnaissant qu'il lui donna cette corne d'abondance, sa seule possession. Il lui dit que, tant qu'elle et ses descendants la conserveraient et l'exposeraient en bonne place dans leur maison, ils connaîtraient une abondance comme elle n'en avait jamais rêvé. Ensuite, l'homme disparut, mais Iris prit ses paroles au sérieux et garda la corne d'abondance. Le lendemain même, elle heurta un homme en allant chercher de l'eau. Il tomba éperdument amoureux d'elle et l'épousa la semaine suivante. C'était un riche dignitaire romain et il l'installa dans son palais. Depuis lors, la corne d'abondance se transmet de génération en génération, apportant une prospérité sans faille. Tant qu'elle restera en possession de ses descendants, l'argent suivra. Roger croyait que tout notre succès venait de cette corne.

Elle rit.

— Alors on la garde dans le vaisselier et on la sort à chaque fête. J'imagine qu'elle convient mieux à Thanksgiving, mais la dernière chose que je souhaite, c'est fâcher le dieu qui la lui a donnée.

À côté de lui, Charlotte déglutit.

— C'est bien ça, la légende ? Que c'est un *dieu* qui la lui a offerte ? Je croyais que vous disiez que c'était un homme aveugle ?

— C'est ce qu'il était ! Enfin, c'est l'histoire. Un dieu grec aveugle, tu imagines ? Ne me demande pas comment il s'est retrouvé coincé là-dedans ! Ça ne fait pas très divin, si tu veux mon avis.

— Je parierais que c'était Ploutos, le dieu de la richesse, dit Charlotte d'une voix mélancolique. Zeus l'a rendu aveugle pour qu'il ne puisse pas choisir à qui il distribuait ses dons. Avant, disait-on, il ne donnait la richesse qu'aux bons. Mais aveugle, comment aurait-il distingué le bien du mal ? Sauf que, dans le cas de votre Iris, il a trouvé un moyen. En le sauvant de l'abîme, elle a prouvé sa valeur.

Tout le monde à table la fixa.

— Tu sembles bien informée sur le sujet, dit Kara.

— Elle a étudié la mythologie grecque, lâcha Liam.

Spencer rentra le menton.

— Je croyais que tu disais qu'elle bossait avec toi au pôle Nord ?

— C'est vrai. Elle, euh, avait une double spécialité, bien sûr. La mythologie grecque est sa passion.

À côté de lui, Charlotte se figea. C'était un mensonge flagrant. Il pouvait sentir qu'elle se repliait sur elle-même. Peut-être avait-il eu tort de l'amener ici.

— Je m'occuperai de la corne d'abondance après ton départ, mère, proposa Kara.

Liam esquissa un sourire en coin. Bien sûr qu'elle le ferait.

— Non, dit sa mère d'un ton sec.

Tous se tournèrent vers le bout de la table. Sa mère tapota sa bouche avec une serviette et ajouta :

— Elle doit revenir à Liam.

— Quoi ? Maman ! s'exclama Spencer, hors de lui.

Liam ouvrit les mains.

— Maman, j'apprécie ton intention, mais honnêtement, ils peuvent la garder. Je vis dans un petit appartement. Je n'ai même pas de vaisselier.

Sa mère ôta ses lunettes et se pinça l'arête du nez. À côté de lui, Charlotte s'était figée, le visage grave.

— Ça doit être toi, Liam, dit-elle lentement. Ce n'est pas une question d'argent, mais de sang.

Sa mère ricana.

— Il semble que la blonde fatale soit bien plus intelligente qu'elle n'en a l'air.

Il ignora la remarque blessante et fusilla Charlotte du regard, la suppliant d'expliquer. Charlotte désigna la corne d'abondance d'un air contrit.

— C'est un objet magique, Liam, et il exige le sang des Diamandis pour fonctionner. Tu es le seul enfant qui porte le sang de ton père.

Il regarda tour à tour Charlotte et sa mère. Mais elle n'était pas sa mère, n'est-ce pas ? Pas vraiment. Son père avait eu une liaison. Cependant, Spencer et Kara étaient aussi ses enfants, non ?

Charlotte lui serra la main. Il n'avait jamais envisagé que son père n'ait pas été le seul à avoir une liaison. Il observa son frère ; le nez pointu de leur mère et ses yeux bleus lui renvoyèrent son propre reflet. Les traits de Kara étaient semblables. Seul lui avait les yeux bruns et le nez aquilin de son père. Sa mère remit ses lunettes.

— Ils ne sont pas de lui, Liam. L'avenir de la fortune des Morris repose désormais sur toi.

CHAPITRE 20

La peau de Charlie lui paraissait trop étroite, et ce n'était pas seulement parce qu'elle avait renfermé ses ailes en elle par magie et que cela devenait douloureux. Ou parce qu'elle mourait de faim et que, si elle ne mangeait pas très vite, elle serait trop faible pour maintenir son illusion.

Cette corne d'abondance était un don des dieux. Elle sentait la magie céleste vibrer contre son épiderme, appelant sa véritable nature à se manifester. La tension qui régnait dans la pièce, au milieu de ces humains, accentuait le picotement désagréable.

Elle se trémoussa sur son siège.

— Voilà pourquoi tu me donnes l'argent.

Liam s'adossa à sa chaise avec un grognement de dégoût en prime.

— Papa ne savait rien, et si je ne prends pas la corne d'abondance, tu as peur de tout perdre.

Mme Morris montra les dents.

— Je n'ai peur de rien, fiston. Je ne serai plus là pour voir le pire, et je t'assure que mes derniers jours sur cette terre sont déjà arrangés.

— Ça suffit, dit Spencer. Ce n'est pas vrai ! J'exige un test de paternité !

Sa mère leva les yeux au ciel.

— J'étais là quand tu as été conçu, Spencer. Fais-moi confiance là-dessus.

Liam inclina la tête.

— Bordel… C'est pas possible.

Kara souffla bruyamment.

— Je le savais. Je n'ai jamais ressenti de lien avec papa. Il a toujours été si distant.

Liam ricana.

— Il n'était pas plus proche de son véritable fils, ma jolie.

Une expression horrifiée passa sur le visage de Spencer, qui observa la corne d'abondance.

— Tu crois que c'est pour ça que… ?

— Que l'action de Morrismart s'est effondrée depuis la mort de ton père ?

Mme Morris sortit une autre cigarette et l'alluma.

— Je n'y vois aucune autre raison.

À ce moment précis, une équipe de domestiques entra dans la pièce, emporta leurs salades à moitié mangées et les remplaça par une créature entière, avec une carapace et des pinces, qui fixa Charlotte de ses sombres yeux ronds.

— Qu'est-ce que c'est ? demanda-t-elle à Liam à voix basse.

— Homard thermidor. Tu ne manges que la queue.

Spencer, qui avait dû lire sur leurs lèvres depuis l'autre bout de la table, secoua la tête et ouvrit les mains.

— C'est qui, cette nana ? Une scientifique écolo doublée

d'une passionnée de mythologie grecque qui n'a jamais vu un homard de sa vie ?

Il se leva et jeta sa serviette sur la table.

— Vous voulez savoir ce que je pense ? Je pense que cette traînée est une prédatrice financière qui bosse avec Liam pour saboter le cours de Morrismart et convaincre une mourante qu'une vieille histoire de poterie est réelle.

Kara leva un doigt.

— Ça se tient. Liam savait probablement tout depuis le début. Il a dit qu'il connaissait l'histoire de l'affaire de papa.

— Bon sang, Liam, jusqu'où tu vas aller ? Convaincre notre mère mourante que ces conneries de corne d'abondance sont vraies juste pour mettre la main sur l'argent de papa ? ricana Spencer.

Liam secoua la tête.

— C'est n'importe quoi, Spence. Je n'ai rien à voir avec tout ça.

Mme Morris éclata d'un rire rauque et tira une nouvelle bouffée.

— Vous êtes tellement idiots que vous ne distingueriez pas la vérité de votre propre cul dans un miroir. Liam n'était au courant de rien. Et vous pouvez douter du folklore familial… Dieu sait que je l'ai fait, jusqu'à ce que ce salaud m'abandonne. Mais c'est vrai, et cet homme-là…

Elle pointa Liam du doigt.

— Il est votre seule chance de maintenir le train de vie auquel vous êtes habitués. S'il prend l'argent et la corne d'abondance, vous restez à flot.

La douleur traversa son corps comme une rafale, et Charlotte dut fermer les yeux pour éviter de déployer ses ailes. Par désespoir, elle enfonça une grosse bouchée de homard dans sa bouche et mâcha.

Liam la fixait tandis qu'elle enfournait une autre cuillerée et faisait glisser le tout avec le vin blanc devant elle.

— Charlotte ? demanda-t-il doucement.

— Je dois sortir d'ici, dit-elle en se remettant à manger.

Elle lui lança un regard lourd de sens, tentant de lui faire comprendre à quel point il était vital qu'elle mange.

— J'ai vraiment faim, Liam, et j'ai peur qu'il arrive quelque chose de grave si je ne mange pas.

— D'accord, euh…

Il se leva et se tourna vers sa famille.

— Charlotte et moi devons y aller. Elle ne se sent pas bien.

Kara bondit sur ses pieds.

— N'importe quoi. Vous restez. On va régler ça.

Liam regarda Charlotte. Elle ferma les yeux.

— C'est réel, Liam. Tout. Tout ce que ta mère a dit. Si tu touches la corne, tu sauras.

Spencer leva les mains au ciel.

— Bon sang ! Et maintenant on écoute une traînée mysté-rieuse plutôt qu'avoir une conversation logique ?

Liam fit le tour de la table en une seconde, sa main serrant la gorge de Spencer jusqu'à ce qu'il émette un son étranglé.

— Tu insultes encore ma copine et je t'enfonce la tête dans la vérité. Et par vérité, je veux dire ton cul. J'ai juste dit vérité parce que maman a raison : tu ne sais pas faire la différence entre les deux.

Il le repoussa violemment sur sa chaise, puis se tourna vers la corne d'abondance. Charlotte joignit les mains et attendit. Son sang était la clé de ce présent des dieux, et au moment où il la toucherait, il le ressentirait.

Avec un dernier regard vers sa mère, Liam se pencha sur le côté de la table et posa sa main sur la terre cuite. La lumière jaillit de l'objet, remonta son corps et fit briller ses iris bruns d'un éclat doré. Kara leva un bras pour se protéger les yeux, bouche bée.

Tout le sang avait quitté le visage de Spencer. Mme Morris riait et secouait la tête comme si toute la scène l'amusait follement. Charlie, elle, n'y comprenait plus rien. Cette femme avait annoncé qu'elle mourait, dressé ses enfants les uns contre les autres, et maintenant elle vivait une expérience qui devait défier toutes ses perceptions humaines. Et pourtant elle paraissait... heureuse. Diaboliquement heureuse. Comme si elle cachait un sombre secret.

L'inquiétude submergea Charlotte quand Liam retira sa main. Elle se leva brusquement.

— On devrait partir.

Le visage de Liam était vide. Il regardait ses mains comme s'il les découvrait pour la première fois.

— Je savais que c'était vrai, dit Mme Morris. Et maintenant, tout ira bien.

— Tout ira bien... répéta Charlotte

Un frisson glacial la parcourut tandis qu'elle observait la femme qui aspirait une longue bouffée de sa cigarette.

— Un marché est un marché.

Elle lui fit un clin d'œil.

— Crois-moi, ma belle, l'art de la transaction ne s'arrête pas avec cette vie.

— Qu'avez-vous fait ?

Charlie jeta un regard vers Liam alors qu'un point de lumière apparaissait contre le mur derrière sa mère.

— C'est quoi ce bordel ?

Spencer renversa sa chaise en se levant d'un bond et recula vers la fenêtre.

— Liam ! Viens vers moi.

Charlie tendit la main. Elle pouvait le protéger. Elle pouvait sauter avec lui dans une autre dimension si nécessaire. La lueur dorée se concentra en une silhouette humaine, mais ce n'était certainement pas un humain. Une seule question lui traversa l'esprit : lequel ? Quel dieu avait conclu un marché avec Mme Morris, et pourquoi ?

La lumière prit forme jusqu'à laisser apparaître des sandales ailées et un casque.

— Hermès.

Le dieu messager se matérialisa à côté de Mme Morris et laissa tomber une pièce sur la table devant elle, une obole grecque.

— Ton passage pour l'Élysée, offert par Ploutos.

— Qu'avez-vous échangé contre l'obole ? demanda Charlie, la fusillant du regard.

Elle secoua la tête.

— J'ai simplement promis d'aider Ploutos à poursuivre sa tâche, fillette. On l'a rendu aveugle pour empêcher une quelconque discrimination. Il *veut* discriminer. L'existence de Liam, qui a accepté ce don, signifie qu'il obtient ce qu'il souhaite pour une génération de plus. Tout le monde est satisfait.

Kara plongea la main dans son sac et en sortit une arme, qu'elle braqua sur Liam.

— Pas tout le monde.

Liam leva les mains.

— Kara... Allez...

— Pose ça, imbécile. S'il meurt, tu perds tout, dit Mme Morris.

Kara secoua la tête.

— Je ne crois pas. Je pense que s'il meurt, on perd la magie, mais on garde l'argent. Tout.

Son regard accrocha celui de Spencer. Charlie perçut tout cela dans sa vision périphérique tandis que son attention restait rivée sur Hermès, qui n'avait pas quitté la pièce. Il l'étudiait en souriant, avec cette expression impénétrable propre aux dieux.

Et il attendait. Il attendait qu'elle confirme ce qu'il soupçonnait déjà, ce qu'il pouvait sans doute sentir d'un bout à l'autre de la pièce tout comme elle le sentait. Son ventre se contracta sous l'impulsion irrésistible de déployer ses ailes. Elle n'avait jamais vraiment pris au sérieux les avertissements de ses parents sur le danger qu'elle courait en quittant Paragon.

À sa connaissance, les dieux étaient trop occupés par leur propre personne pour s'intéresser à la vie ordinaire des gens. Assurément, sa petite existence n'attirerait pas l'attention, croyait-elle. Mais voici la preuve qu'elle s'était trompée.

— Fais-le ! hurla Spencer.

— Ne sois pas stupide, Kara ! cria Mme Morris. Regarde-moi. Regarde-moi !

La puissance de Charlie se concentra d'un coup alors que l'air s'échappait des poumons de Kara. Elle cligna des yeux, puis son doigt tressaillit et l'arme fit feu. Liam se jeta sur le côté – pas assez vite. Les bras croisés, Charlotte déploya son bouclier, interceptant la balle avant qu'elle ne s'enfouisse dans le cou de Liam. La magie céleste à laquelle Charlie fit appel eut un prix. Ses ailes jaillirent dans un claquement sec. Elle grogna sous l'effort, haletante et chancelante.

Le projectile tomba sans dommage sur la table, mais elle était vidée. Liam la rattrapa par la taille.

— Gardienne, qui t'a envoyée ? tonna Hermès, la tête penchée.

— Gardienne ? fit Mme Morris en fronçant les sourcils. De quoi parlez-vous ? Qu'est-ce qu'elle est, Liam ? Qu'est-ce que tu as fait ?

— Vous vous trompez, seigneur Hermès, dit Charlie. Je ne suis pas une gardienne. Je suis une demi-déesse, descendante de Circé.

Le rire d'Hermès ondula tout autour d'eux.

— Bien sûr que tu l'es, *princesse de Paragon*. Quel plaisir de faire enfin ta connaissance.

Il s'inclina.

— Même si tu dois savoir que l'Olympe devra être informé de ta visite dans ce royaume.

— Pourquoi ?

Il fit un pas vers elle, ses pieds ne touchant jamais le sol tandis que les ailes de ses sandales frémissaient. Hermès n'était pas un dieu guerrier, seulement un messager. Il ne lui ferait pas de mal, mais il n'était pas inoffensif. Il lui tendit la main avec son sourire le plus séducteur : elle comprit qu'il tentait de l'attirer. D'autres dieux, bien plus dangereux, le récompenseraient grassement s'il réussissait.

— Simplement pour te présenter aux tiens, dit-il d'une voix mielleuse. Tu es des nôtres, princesse. Pourquoi gaspilles-tu tes talents parmi les humains ? L'Olympe voudra t'accueillir comme il se doit.

Liam se plaça devant elle.

— Pars, Charlotte, lui souffla-t-il par-dessus son épaule.

Elle recula d'un pas, les jambes tremblantes.

— Je n'ai pas la force de nous porter tous les deux.

— Pars sans moi. S'il te plaît. MAINTENANT !

Le sourire d'Hermès se tordit en quelque chose de bien plus menaçant, ses lèvres se retroussant sur ses dents. Une lumière aveuglante envahit la pièce. Liam se couvrit les yeux d'un bras en hurlant :

— Pars, Charlotte, pars !

Charlie n'eut d'autre choix que d'obéir. Elle était trop faible pour tenter autre chose. Elle pivota, ouvrit d'un coup un portail entre les dimensions et rentra chez elle.

CHAPITRE 21

Charlie s'écrasa contre le sol de pierre de sa salle de rituels, à plat ventre, trempée de sueur et secouée de tremblements incontrôlables. Des larmes jaillissaient de ses yeux, son corps était secoué de sanglots. Elle cacha son visage dans ses mains, se recroquevillant sur le côté. Par tous les dieux, qu'avait-elle fait ? Elle avait laissé Liam à la merci d'Hermès.

De puissants bras la soulevèrent. Elle eut un hoquet et inspira, surprise par l'odeur de son père.

— Je suis là, ma chérie. Je suis là.

Aussi en colère qu'elle soit contre lui, c'était réconfortant. Il l'aimait. Quoi qu'il arrive, elle savait que c'était vrai. Peut-être était-ce pour ça qu'elle s'était renvoyée au même moment que celui où elle était partie. Même si elle avait disparu plusieurs jours, pour son père elle n'avait manqué qu'une quarantaine de minutes. Il l'attendait manifestement depuis son départ.

Ses sanglots redoublèrent. Pourquoi était-elle si lâche ? Elle avait laissé Liam dans une situation impossible. Elle aurait dû rester. Elle aurait dû affronter Hermès et protéger Liam. Que se passerait-il maintenant ?

Son père la déposa sur son lit et repoussa ses mèches de son visage.

— Que s'est-il passé ? Tu veux en parler ?

— Je dois y retourner, dit-elle d'une voix éraillée.

Elle se redressa pour s'asseoir et essuya ses yeux, papillonnant des paupières. Gabriel s'installa dans la chaise près de son lit, le visage grave.

— Où as-tu trouvé cette robe ?

Elle se figea. Les sequins violets n'existaient pas à Paragon, et la coupe était typiquement humaine.

— Macy's, répondit-elle simplement.

Son père déglutit et serra les accoudoirs.

— Combien de temps es-tu partie ?

— À toi de me le dire, murmura-t-elle.

— Dans ta chronologie à toi, pas dans la mienne.

— Quatre jours.

Elle frissonna, trop épuisée pour se défendre de sa colère ou éluder ses questions. Il s'adossa et leva les yeux au plafond.

— Merci d'être revenue.

Elle hésita, consciente que la vérité pouvait lui attirer de sérieux ennuis, mais elle ne s'en souciait plus. Quelle que soit la punition que son père lui infligerait, elle ne serait pas pire que la douleur qui lui broyait le cœur. Que devenait Liam ?

— Je voulais rester.

Les sourcils de son père se haussèrent et des serres jaillirent de ses jointures, s'enfonçant dans les accoudoirs.

— Tu vas arracher le rembourrage, fit-elle en reniflant.

Il releva ses griffes, sa gorge oscillant avant qu'il n'articule entre ses dents :

— Pourquoi voulais-tu rester ?

Elle soupira et s'essuya encore les yeux, mais les larmes ne ralentissaient pas.

— Je l'aime, papa. Depuis la première seconde où je l'ai vu. Même au début, quand je le prenais pour un sale bougon insupportable, je l'aimais. Il me faisait me sentir vivante. Il me donnait l'impression que le monde avait des couleurs, et l'idée de continuer sans lui me paraît…

— Grise ? compléta-t-il pour elle.

Elle hocha la tête, et pour la première fois, elle vit de la compassion dans ses yeux.

— J'ai peur que tu n'aies trouvé un compagnon potentiel, Charlie. Je n'étais pas sûr que ça marcherait de la même façon pour toi, puisque tu n'es pas entièrement dragon, mais ce que tu décris, c'est exactement ce que j'ai ressenti pour ta mère. Dès le début.

Un sanglot lui échappa, et elle pleura amèrement.

— Il ne ressent pas la même chose pour toi ?

Elle fixa ses mains, se souvenant de la façon dont Liam s'était interposé entre elle et Hermès. Il ne lui avait jamais dit qu'il l'aimait, mais il l'avait montré.

— Si. Il mourrait pour moi. Je le sais.

Son père parut vraiment perplexe.

— Alors pourquoi es-tu revenue sans lui ? J'étais furieux. Je n'aurais pas dû être si dur avec toi. Mais je me serais calmé si…

— Je ne l'ai pas laissé à cause de toi.

Il baissa le menton et plissa les yeux.

— Alors pourquoi ?

— Hermès.

Un grondement monta de sa poitrine et ses serres percèrent le tissu.

— T'a-t-il touchée ? Comment lui as-tu échappé ?

— Il a essayé. La famille de Liam a une histoire avec les dieux.

Elle secoua la tête et lui raconta le récit de la corne d'abondance, de son père et des liens fragiles que Liam entretenait avec sa famille.

— Quelle coïncidence incroyable, conclut-elle. Combien d'humains se retrouvent dans une telle position ? Quelle malchance d'être tombée amoureuse du seul Terrien qui me met en danger.

Son père se figea, silencieux comme la mort, ce qu'elle savait être plus dangereux que sa colère visible.

— Je ne crois pas aux coïncidences, Charlie.

— Mais qu'est-ce que ça peut être d'autre qu'une coïncidence ? Je l'ai trouvé au pôle Nord, pour l'amour de la Montagne !

— Qu'est-ce qui t'a donné l'idée d'aller au pôle Nord ?

— Tante Avery était triste de rater Noël, alors j'ai voulu lui en organiser un, pour son retour. Je feuilletais un livre à la bibliothèque et je suis tombée sur une entrée parlant de Noël et du père Noël. J'ai décidé de l'amener ici pour m'aider.

Gabriel se frotta le front.

— Montre-moi le livre.

Ensemble, ils se dirigèrent vers la bibliothèque, jusqu'à l'endroit où elle l'avait replacé. La couverture dorée reflétait la lumière des fenêtres, et une chaleur étrange l'envahit quand elle l'ôta de l'étagère.

— Hmm.

— Quoi ?

— Ta mère t'a-t-elle appris un sort pour identifier les traces de magie sur un objet ?

— Bien sûr. Je le faisais déjà à douze ans.

— Fais-le maintenant.

— J'ai besoin de quelque chose dans mes réserves.

Elle hissa le volume et le ramena dans ses appartements, puis dans sa salle de rituels, où elle choisit un diamant dans ses bacs et l'attacha à une ficelle. Plaçant le livre au centre de son symbole, elle laissa la gemme tourner au-dessus de la couverture en marmonnant l'incantation qu'elle connaissait par cœur, insufflant son intention et son pouvoir dans la pierre.

Celle-ci tourna trois fois, jusqu'à ce que le diamant brille comme une étoile.

— Magie céleste, confirma-t-elle.

Gabriel secoua la tête.

— Ta rencontre avec Liam n'était pas un hasard, ma chérie. L'un des dieux t'a appâtée. Ils voulaient t'éloigner d'Ouros pour pouvoir t'atteindre.

Elle lança la pierre et posa sa main sur la couverture, y injectant sa puissance. La magie céleste reconnaissait la magie céleste. Elle tamisa la signature du dieu à travers le filtre de son pouvoir. Quelques respirations plus tard, ses paupières se fermaient presque, mais elle avait sa réponse. Ça avait le goût du soufre.

— Hadès.

— Hmm. Que voudrait Hadès de toi ? demanda Gabriel.

— Je suis celle qui s'est échappée, et j'ai libéré deux âmes en le faisant.

Il hocha la tête.

— Je crois que nous avons notre réponse.

— Mais comment a-t-il fait entrer ça dans notre bibliothèque ?

Gabriel fronça les sourcils et prit le livre, lisant les notes inscrites au début.

— Il est ici depuis la régence de ma mère. Je parierais que c'était un cadeau d'Hadès, offert sous condition. Après que tu as fui la dimension du feu, il a dû activer le sortilège.

Par tous les dieux, elle était exténuée, or cela ne pouvait attendre.

— Recule, dit-elle, prenant sur son étagère le récipient de pierre rempli des larmes de la déesse que Leena lui avait rapporté de Rogos.

C'était utile pour lire l'avenir, mais assez puissant pour détruire presque tout. Elle en versa avec précaution sur le livre doré et le regarda se transformer en une flaque de métal en fusion avant de s'évaporer en un nuage de fumée nauséabonde.

Un moment de silence passa, puis son père attrapa sa main.

— Le fait qu'il ait servi d'appât ne veut pas dire que les sentiments entre vous n'étaient pas réels.

— Tu crois qu'Hermès ou un autre essaiera de l'utiliser pour m'atteindre ?

— Peut-être.

Elle ferma les yeux.

— Je pourrais remonter le temps et l'emmener avec moi, mais je suis trop fatiguée et trop faible.

— Alors mange et dors, dit-il. Le temps sera toujours là quand tu te réveilleras.

Elle hocha la tête.

— Oui, il le sera. Mais il a une vie là-bas, papa. Je pourrais le suivre sur Terre. Je suis presque inutile ici.

— C'est faux.

Elle secoua la tête.

— Tu n'as pas besoin de moi.

— Tu te trompes là-dessus.

— Je ne lui en voudrais pas s'il voulait rompre en apprenant qu'il a été utilisé.

— Tu le lui dirais ?

— Je n'aurais pas le choix.

— Je croyais que tu avais dit qu'il était prêt à mourir pour toi.

— Il l'était.

— Alors fais-lui confiance. Aucun sortilège ne peut imiter l'amour, Charlie. Pas le véritable amour.

Il l'aida à se relever, et ensemble ils replacèrent les larmes sur son étagère avant de retourner dans sa chambre.

— Allonge-toi. Je vais te faire monter de quoi manger.

— Je pensais que tu devais retourner auprès de maman ?

— Laisse-moi m'en soucier. J'enverrai un faucon.

Il la borda et l'embrassa sur le front.

— Ferme les yeux. Je demanderai à Rachel de te réveiller quand elle apportera ton repas.

Ses paupières se fermèrent, l'épuisement l'aspirant comme un gouffre.

— Je t'aime, papa.

— Moi aussi, je t'aime, Charlie. Bien plus que je n'aime avoir raison ou respecter les traditions de ce royaume. Pardonne-moi d'avoir oublié cela un instant.

Et c'était précisément ce qu'elle aimait chez son père. Il était fort, ferme, incarnant en permanence le guerrier qu'il était, mais il ne retenait jamais ses émotions ni ses excuses lorsque cela avait de l'importance. Une nouvelle vague de larmes la submergea. Elle avait très faim et elle était épuisée. Pourtant, sous son regard attentif, elle s'abandonna enfin au sommeil.

CHAPITRE 22

La lumière qui émanait d'Hermès n'était pas seulement vive, elle brûlait, et Liam garda les bras croisés sur ses yeux pour s'en protéger. Que pouvait-il faire d'autre ? Il n'avait pas d'arme comme Kara, et même s'il en avait eu une, quelle arme aurait pu fonctionner contre un dieu ? Au moins, il savait que Charlotte irait bien. Elle avait sauté, le laissant dans un tourbillon de plumes et un souffle d'air surpris. Il essaya de s'en consoler, mais son absence lui écrasait l'âme. Elle ne reviendrait pas. Elle ne pouvait pas. Pas maintenant que les dieux l'attendaient et le surveillaient.

Peu à peu, la lumière s'atténua, Hermès retrouvant la petite goutte de lumière d'où il était apparu.

— Je transmettrai le message, tonna sa voix.

Puis il disparut.

— Putain ! Vous avez vu ça ? s'écria Spencer en s'enfonçant les doigts dans les cheveux qui lui restaient. Dis-moi que t'as vu ça ! Les ailes et la lueur. La pièce. Maman, c'était quoi cette pièce ?

— Tout ça est bien réel, Spencer. Maintenant, ferme ta gueule, répliqua Kara, qui regardait leur mère comme si elle voulait la tuer.

Au moins, elle ne tenait plus l'arme. Elle gisait sur la table, à côté de son sac.

— Tu as essayé de me tirer dessus, dit Liam à Kara, les yeux fixés sur le pistolet.

— Et alors ? répondit-elle d'un ton impassible, comme si l'idée lui paraissait encore bonne.

Merde, il s'était dit qu'elle était distante et froide auparavant. Pas vraiment fraternelle, mais maintenant, il comprenait : c'était une sociopathe.

— Après ce qui s'est passé aujourd'hui, Liam, je pense qu'on peut tous admettre que la situation a dégénéré. Passons à autre chose, déclara Spencer.

— Passer à autre chose ? Tu as dit à Kara de me tirer dessus.

— J'ai paniqué ! protesta-t-il en levant les mains. La façon dont maman nous a balancé tout ça d'un coup. Tu comprends, non ?

Liam fixa sa mère, son poing toujours serré autour de la pièce.

— Tu préparais tout ça depuis longtemps, n'est-ce pas ?

Sa mère renifla.

— Depuis que ton père est décédé et qu'il m'a avoué sur son lit de mort que tout cela était vrai. Il a ri, tu sais. Il pensait vraiment me faire du tort. À la fin, on se détestait.

Liam regarda sa sœur, son frère, puis sa mère et ne ressentit aucune affection. Ces gens se fichaient de savoir s'il vivait ou mourait. Tout cela ne concernait qu'eux. En lui donnant une part de l'entreprise, elle liait sa fortune à la leur. En lui donnant la corne d'abondance, elle garantissait que leur richesse perdurerait, et en faisant tout cela au service de Ploutos, elle assurait sa place dans l'Autre Monde. Personne dans cette pièce ne se préoccupait de ce qu'il ferait. Ils ne se souciaient pas de sa vie, de sa mort, du sort de la planète, tant qu'il prenait ce centre de table immonde avec lui.

Et son frère et sa sœur étaient prêts à le tuer pour être des milliardaires un peu plus riches. Leur cupidité était stupéfiante. Il ne voulait plus jamais avoir une raison de se retrouver dans la même pièce qu'eux.

L'argent serait agréable. Il pourrait faire beaucoup de bien avec. Et il ne pourrait jamais se pardonner s'il l'acceptait.

— Je n'en veux pas, dit-il.

— Tu ne veux pas quoi ? demanda sa mère.

— Je ne veux pas de l'argent, ni du partenariat silencieux, ni de la corne d'abondance. Je refuse tout. Vous n'êtes pas ma famille.

L'air vibra de sa décision, une pulsation émanant du cadeau ancien au centre de la table. Il se dirigea vers la porte.

— Non, non, non ! hurla sa mère. La pièce. Liam, la pièce a disparu ! Reviens, s'il te plait. Je t'en supplie. LIAM !

Il prit son manteau des mains du majordome.

— Tu vas le regretter, cria sa mère depuis la salle à manger. Je te détruirai ! Je détruirai tout ce que tu aimes !

— Tu l'as déjà fait, marmonna-t-il, la vérité écrasante que Charlotte était vraiment partie s'abattant sur lui.

De retour dans son minuscule appartement de Lake View, quatre jours plus tard, Liam croqua dans un des cookies aux pépites de chocolat que lui et Charlotte avaient faits et tenta de rester serein. Il les gardait comme une sorte de relique en son honneur, mais ils allaient bientôt rassir, et la dernière chose qu'il voulait était de les jeter. Ils avaient bon goût, pourtant ils se transformaient en cendre dans sa bouche à chaque pensée de Charlotte. Pourquoi l'avait-il emmenée rencontrer sa famille ? Il aurait dû jouer la sécurité, la cacher ici aussi longtemps qu'il l'aurait pu.

Mon Dieu, elle lui manquait. Même s'enterrer dans le travail n'avait pas aidé cette fois. Il n'arrêtait pas de penser à elle.

Il saisit la bouteille de bourbon posée sur le frigo et se versa un verre, accompagnant le cookie d'une bonne rasade. Il n'était pas sûr de la façon dont il allait survivre dans ce monde sans elle. Maintenant qu'il était vraiment seul, il devinait qu'il y aurait beaucoup de bourbon.

On frappa à la porte. Probablement Mme Thornton, du couloir, avec à nouveau son courrier. On pourrait croire que la foutue poste saurait lire une adresse. Mais lorsqu'il déverrouilla la porte, la mort l'attendait de l'autre côté. Il essaya de la refermer, en vain : la main de l'homme jaillit et la retint ouverte.

— Bonjour, Liam, dit le père de Charlotte.

Liam leva les deux mains devant lui.

— Elle n'est pas là. Monsieur, euh… ?

— Gabriel. Appelle-moi Gabriel.

— Gabriel.

— Je sais qu'elle n'est pas ici. Je viens de la laisser à Paragon. Dans cette chronologie, elle vient de revenir de Noël chez ta famille.

— Oh. C'était il y a quelques jours.

— Peut-on parler ?

Il acquiesça et recula pour le laisser entrer. Putain, le type était grand. Grand comme un catcheur professionnel. Si ça tournait mal, Liam perdrait à tous les coups. Il referma la porte.

— À boire ?

— Qu'est-ce que tu as ?

— Du bourbon. Du vin. Peut-être une bière au fond du frigo.

— Le bourbon, ça ira.

Liam lui servit un verre pendant que l'homme s'installait sur son canapé, semblant en occuper toute la surface. Il lui tendit sa boisson puis s'assit sur le fauteuil en face de lui.

— Elle va bien ?

Gabriel fronça les sourcils.

— Ça dépend de ta définition de *bien*. Elle n'a pas de dommages physiques. Mais elle était… dévastée de t'avoir laissé. Inquiète de ce qu'Hermès pourrait te faire.

— Honnêtement, moi aussi. Je suis encore inquiet. Hermès a dit qu'il allait prévenir les autres dieux de ce qui s'est passé. Personne n'est encore venu me chercher, mais je sais que c'est possible. Cela importe peu cependant. La seule chose qui me préoccupait, c'était de sortir Charlotte de là. Je suis soulagé qu'elle soit saine et sauve.

Gabriel fit tournoyer la glace dans son verre. Il avala une gorgée.

— Je suis persuadé qu'ils te surveillent. Ils t'utilisent comme appât. Ils espèrent qu'elle reviendra pour toi.

— Vous devez vous assurer que ça n'arrive pas, dit Liam rapidement.

Il refusait d'être la raison pour laquelle ils la captureraient.

— Elle ne peut pas risquer sa sécurité pour moi. Je ne le permettrai pas.

— Tu l'aimes ?

Liam avala sa salive, baissa les yeux vers le verre qu'il tenait.

Ce n'était pas censé se passer comme ça. Son beau-père n'aurait pas dû être le premier informé, pas avant qu'il ait eu la moindre chance de le lui dire. Mais oui, la sécurité de Charlotte passait avant tout, ce qui voulait dire qu'il n'aurait peut-être jamais l'occasion de lui avouer quoi que ce soit.

— Plus que tout. Je l'aime d'une façon que je n'aurais jamais cru possible.

Il vida son verre.

— C'est pour ça que vous devez tout faire pour l'empêcher de venir ici. Si elle revient, je ne pourrai pas la renvoyer. Je ne peux rien lui refuser quand elle demande quelque chose, vous voyez ce que je veux dire ?

Gabriel se frotta la mâchoire et rit.

— Oui, je vois.

Putain, il détestait ça. Cette connexion avec elle, qu'il savait temporaire, l'idée que ce serait un dernier adieu, ça lui déchirait l'âme.

Dans le silence qui suivit, Gabriel scruta le petit appartement, visiblement perplexe.

— Maintenant que tu as la corne d'abondance, j'imagine que tu vas… faire des améliorations bientôt.

Liam secoua la tête.

— Je l'ai refusée. Je l'ai laissée avec ma… la famille avec laquelle j'ai grandi.

— Tu l'as refusée ? cria Gabriel, furieux quoiqu'interloqué.

— Elle m'aurait lié à eux, et ce sont des gens mauvais, Gabriel. Vraiment mauvais. J'aurais pu faire de bonnes choses avec l'argent, mais ils auraient annulé tout ce que j'aurais fait par leurs propres actes. De plus, posséder ça n'aurait fait qu'attirer l'attention des dieux, et c'est la dernière chose que je veux.

— Tu espérais qu'en l'abandonnant, tu leur échapperais… au cas où elle reviendrait.

Il fronça les sourcils.

— Peut-être, sur le coup.

— Mais maintenant tu sais que ce n'est pas possible, non ? Si elle vient ici, ils le sauront. Ils seront là, à attendre.

Il acquiesça. C'était tout ce qu'il pouvait faire, la gorge serrée. Il prit une autre gorgée, accueillant avec reconnaissance l'effet anesthésiant de l'alcool, puis s'éclaircit la voix.

— Alors si vous êtes venu ici pour me tuer ou je ne sais quoi, je ne pense pas que ce soit nécessaire. Je ne lui ferais jamais de mal. Je l'aime. Et de toute façon, on dirait que le destin nous séparera malgré tout.

— C'est justement ça, Liam. Je connais ma fille. Je connais son cœur. Et je ne pense pas qu'elle restera loin de toi. Elle t'aime trop.

Il ferma les yeux, assailli par la douleur qui comprimait sa poitrine.

— Que voulez-vous que je fasse ? demanda-t-il.

— Je pense que tu dois arranger ça. Je pense que tu es le seul qui le puisse.

Que voulait-il de lui, au juste ? Il lui avait déjà dit qu'il n'était pas assez fort pour la repousser si elle revenait.

— Comment suis-je censé faire ça d'ici ?

— Tu ne peux pas.

Gabriel posa son verre sur la table d'appoint et se leva, se dressant au-dessus de lui comme un nuage sombre.

— La seule façon de régler ça, c'est que tu reviennes avec moi à Paragon.

Il renifla.

— Quoi ? Pour lui dire adieu ? Pour la repousser ?
Il secoua la tête. Il ne pouvait pas faire ça.
— Non, dit Gabriel. Pour l'épouser.

CHAPITRE 23

Liam avait-il bien entendu ? L'épouser.

— Vous autoriseriez votre fille à épouser un humain ?

Gabriel renifla, puis éclata d'un rire d'une vigueur inhabituelle.

— Je suis marié à une humaine.

— Une sorcière.

— Tu refuses mon offre ? demanda Gabriel, et toute trace de légèreté quitta ses traits. Peut-être que ton travail ici…

— Non, dit Liam aussitôt, toute sa passion passée pour son travail et sa place sur cette planète pâlissant face au désir de revoir Charlotte. Je veux venir avec vous. Je veux vraiment épouser Charlotte.

— Bien.

— Seulement…

— Seulement… ?

— Elle doit avoir le choix. Je vais le lui demander. Je quitterai cette vie et je l'épouserai avec joie. Mais je ne la forcerai pas. Si elle dit non, vous me ramenez ici.

Gabriel sembla presque amusé par cette déclaration.

— Marché conclu. Allons-y.

Liam se leva, les yeux furetant dans son minuscule logement.

— Attendez, je devrais préparer un sac ou quelque chose ?

— Uniquement s'il y a quelque chose dont tu ne peux absolument pas te passer. Tout ce dont tu auras besoin, je veillerai à ce que ce soit fourni.

— Je n'ai pas de bague à lui offrir.

Gabriel sourit de plus belle.

— Je peux aussi t'aider pour ça.

Liam laissa ses mains retomber le long de son corps, jetant un dernier regard à l'appartement qu'il appelait *chez lui* depuis presque six ans. À présent, ce n'était plus qu'une pièce, dont l'importance ne faisait pas le poids face à la femme qu'il espérait voir dans son avenir.

— Je suis prêt.

Charlotte se réveilla en pleurant. Après un repas qu'elle avait à peine goûté, elle s'était rendormie et avait rêvé qu'elle était avec Liam. Elle avait senti sa main dans la sienne, entendu ce rire rare qui semblait n'appartenir qu'à elle, respiré son odeur singulière. Puis elle s'était réveillée et tout s'était évanoui. Il ne lui restait que sa chambre à Paragon et les souvenirs du temps qu'ils avaient passé ensemble. Des pas dans le couloir, devant sa porte, attirèrent son attention. Des pas lourds. Probablement son père. Maintenant qu'elle s'était reposée, il voudrait retourner à Darnuith. En tant que dragon, chacun de ses instincts l'incitait à protéger sa compagne. Elle n'osait imaginer combien il lui en coûtait d'être loin d'elle, maintenant. Aussi dévastée qu'elle se sente, elle se ressaisirait pour lui.

— Charlotte.

Sa respiration se coupa. C'était la voix de Liam. Souffrait-elle d'hallucinations ? Elle avait presque peur de tourner la tête vers la source du son. Peur d'y trouver quelqu'un d'autre, ou bien personne. Mais elle ne put s'en empêcher. Et il était là. Vêtu d'un jean sombre et d'un maillot des Blackhawks, il donnait l'impression d'être arrivé tout droit des rues de Chicago jusque dans sa chambre. Elle ne manqua pourtant ni la barbe de plusieurs jours sur son menton, ni les cernes sous ses yeux. À le voir, Liam avait souffert de leur séparation tout autant qu'elle.

— Liam ? Qu'est-ce que tu fais ici ?

Elle se redressa dans le lit, passa ses doigts sous ses paupières gonflées. Elle n'avait pas besoin d'un miroir pour savoir que son visage était rouge et bouffi et que ses cheveux ressemblaient probablement à un nid mal peigné. Mais cela lui était égal. Tout ce qui comptait, c'était l'homme devant elle. Si ce n'était pas réel, si elle rêvait, elle ne voulait plus jamais se réveiller. Il s'avança.

— Ton père est venu me chercher, dit-il doucement.

— Il est venu ?

Son regard glissa vers sa gorge. Aucune marque de doigts. C'était bon signe.

— On a, euh, fait la paix. En vrai, c'est un type plutôt cool… enfin, un dragon.

Son cœur se réchauffa en comprenant ce que son père avait fait. Mais dans quel but ? Avait-il amené Liam pour qu'elle sache qu'il allait bien ? Ou pour qu'ils puissent se dire adieu ?

— Je suis tellement soulagée que tu ailles bien. Je craignais qu'Hermès ne te fasse du mal ou n'essaie de t'utiliser pour m'atteindre.

Il secoua la tête.

— Ça va. Enfin, ça ira quand on aura eu le temps de parler.

Il vint se placer juste devant elle.

— Charlotte, je repense au jour où tu es venue me chercher. Tu es apparue sur cette plaque de glace, lumineuse comme une étoile, et je me suis demandé si j'étais mort.

Il rit et baissa les yeux vers ses mains.

— Je croyais que tu étais venue m'emmener au paradis.

Elle eut un petit rire.

— Désolée. Je ne voulais pas te faire peur, mais pour ma défense, je pensais que tu étais quelqu'un d'autre.

Il écarta une mèche de son visage.

— Le truc, c'est que j'avais raison.

— Hein ?

— D'une certaine façon, je suis mort ce jour-là.

Il se frotta la nuque.

— J'avais passé tant d'années à étudier la science en pensant savoir exactement comment l'univers fonctionnait. Je ne croyais qu'à ce que mes sens pouvaient percevoir. Je n'avais aucune foi. Je n'avais pas de vraie famille. Je n'avais que mon travail et, si important fût-il, il ne m'apportait plus la moindre joie. Il n'était qu'une diversion pour fuir ce que je ne voulais ni affronter ni ressentir.

— Après avoir rencontré ta famille, je comprends assez bien comment tu en es arrivé là, Liam.

Il leva la main.

— Mais ensuite tu es arrivée, et tout ce que je pensais savoir a vacillé d'un coup. Et toi, tu n'as pas seulement brillé. Tu as été une lumière pour moi. Ma lumière, celle qui me guidait vers la rive. Je ne sais pas quand c'est arrivé exactement, mais te connaître, venir ici, m'a reconnecté à ce que j'étais, à la joie que je croyais tarie depuis des années.

— Elle est toujours là. J'adore t'entendre rire.

Il lui prit le menton, plongeant dans ses yeux.

— Je t'aime, Charlotte.

Un essaim de papillons s'éleva en elle, et elle ne put retenir le sourire qui envahit ses traits.

— Je t'aime aussi. Tellement.

— Ton père m'a ramené parce que je ne veux plus être séparé de toi.

Il sortit une bague de sa poche. Elle lâcha un hoquet de surprise devant le splendide bijou. C'était de l'or, une étoile finement ciselée. Le métal était serti en son centre d'un diamant bleu éclatant.

— En toute transparence, Gabriel m'a aidé pour celle-ci. J'ai bien peur que les diamants bleus ne rentrent pas dans le budget d'un universitaire.

— Elle est magnifique, Liam, mais…

— Charlotte, veux-tu m'épouser ?

Elle leva les yeux vers lui : tout son être ne voulait que crier oui et se jeter à son cou, mais elle s'en empêcha. Il lui fallait d'abord être certaine que c'était vraiment ce qu'il voulait.

— Tu as dit que mon père est venu te voir. Est-ce qu'il… est-ce qu'il t'a *poussé* à le faire ?

Liam rit et secoua la tête.

— Non, Charlotte. Il a évoqué l'idée, mais c'est moi qui le veux. Ton père m'a donné sa bénédiction et aidé pour la bague, en revanche.

— Mais… je veux dire, tu aimes ce que tu fais. Tu comprends que je ne peux pas quitter cet endroit ? Pas sans me mettre en danger. Si on se mariait, il faudrait que tu restes ici… à moins que tu n'imagines qu'on vive séparés.

— Certainement pas.

Il secoua la tête.

— Je ne veux pas qu'on vive séparément. Cette demande signifie que je resterai ici, non parce que j'y suis forcé, mais parce que je le désire. Mais il y a une seule chose qui pourrait me faire partir : que tu me le demandes. Tu peux dire non. Je ne t'en voudrai pas, et tu ne me mettras pas en danger. Je veux seulement que tu dises ce que ton cœur ressent.

Elle lui prit les mains, de nouvelles larmes coulant sur ses joues.

— Mon cœur m'a ordonné de dire oui à la seconde où je t'ai vu debout près de mon lit.

Elle glissa son doigt dans l'anneau, admirant le bleu violacé si rare du diamant.

— Oui, Liam. Je t'épouserai.

Il saisit son visage, essuya ses yeux du bout des pouces, puis posa sa bouche sur la sienne. Un bourdonnement s'éveilla dans ses veines, le même courant de désir que le jour de leur rencontre, mêlé à autre chose. Un lien. Son sang céleste l'approuvait : elle avait trouvé l'autre, son compagnon – si l'on pouvait emprunter le vocabulaire des dragons – et elle ne serait plus jamais seule.

CHAPITRE 24

Deux semaines plus tard, dans la grande salle, Charlotte attendait devant l'immense sapin de Noël le retour de sa mère et de ses tantes parties à Darnuith. Elles avaient envoyé un faucon pour l'avertir de leur arrivée imminente et pour annoncer que le sort avait fonctionné. Après que les sorcières de Darnuith eurent rétabli la magie des trois sœurs, Avery avait démontré des pouvoirs de guérison accélérée, et les tests magiques de Nathaniel avaient confirmé ce que la reine Pénélope et les sorcières de Darnuith soupçonnaient : son corps avait assimilé la dent. Elle était, autant qu'on puisse en juger, immortelle.

— Alors, ça rend bien ? cria Liam du haut des poutres, où il venait d'accrocher un brin de verdure censé ressembler à du gui.

— C'est parfait, dit-elle. Descends et on le mettra à l'épreuve.

Il redescendit de l'échelle, sa tunique et ses bottes lui donnant plus l'air d'un dragon que d'un humain. Bondissant du dernier barreau pour atterrir devant elle, il lui saisit la taille et la fit tournoyer sous le gui, l'inclinant avant de l'embrasser longuement sur les lèvres. Il l'embrassait encore quand des voix les surprirent. Il la redressa, riant en rajustant sa robe et sa tunique.

— Oh, mon Dieu, c'est Noël ! s'écria Avery.

Elle entra dans la pièce, les yeux levés vers le sapin, les mains jointes contre sa poitrine.

— Waouh ! C'est une sacrée reconstitution. On dirait vraiment que ça vient de la Terre, dit Clarissa en entrant derrière elle.

Sa mère arriva ensuite, leva les yeux vers l'arbre, puis posa son regard directement sur elle.

— Charlotte, c'est toi qui as fait ça ?

Charlotte. Elle ne se souvenait plus de la dernière fois où sa mère l'avait appelée par son prénom entier.

— Oui. Tante Avery disait qu'elle était déçue de rater Noël. Alors je lui en ai organisé un.

Elle désigna le buffet de gourmandises de fête installé au fond de la salle – gâteaux, biscuits et pâtisseries en forme de sapins et d'anges. Au-dessus d'elle, les guirlandes lumineuses brillaient à côté du somptueux arbre, et les cadeaux qu'elle avait achetés pour eux étaient soigneusement emballés et déposés dessous.

— C'est incroyable ! dit Avery.

— Oui, ça l'est ! ajouta Xavier en entourant les épaules de sa compagne.

Son père et Nathaniel entrèrent peu après, affichant de larges sourires en découvrant la pièce. Elle bondissait presque sur place, avec plus de fierté qu'escompté en voyant la joie illuminer leurs visages.

Liam se pencha jusqu'à frôler son oreille de ses lèvres.

— Tu as réussi. C'est parfait, Charlotte.

Elle se tourna vers lui, rougissant de plus belle.

— *On* a réussi.

Raven s'avança vers eux, son sourire étincelant autant que le diadème posé sur ses cheveux sombres. Sans un mot, elle prit Charlotte par les épaules et la serra dans une chaleureuse étreinte.

— Tu es incroyable, tu le sais ?

Charlotte baissa les yeux vers ses pieds.

— Je suis tellement heureuse que ça te plaise.

Sa mère abaissa ses mains, les croisa derrière son dos, retrouvant d'un coup la posture royale qui était la sienne.

— Ce qui m'impressionne le plus, je crois, c'est que tu aies fait tout ça en dirigeant en même temps le royaume.

Charlotte releva les yeux vers elle.

— Plusieurs représentants du Conseil des Anciens ont confirmé que ton rôle au dernier conseil était inspirant. Ils insistent pour que tu prennes la direction à l'avenir, et Marius est d'accord. Il m'a dit que tu étais indispensable.

Elle hocha la tête.

— Merci. Je trouve aussi que la réunion s'est bien passée.

— Tant mieux, car c'est désormais la tienne. Marius a d'autres affaires en cours, et Gabriel et moi pensons qu'il est temps que tu assumes davantage de responsabilités.

Elle rayonnait, acquiesçant avec vigueur.

— Bien sûr. Oui. Merci !

Elle s'extasiait encore quand Raven posa son regard sur Liam.

— D'ailleurs, mon compagnon m'a dit que tu avais une nouvelle à nous annoncer.

Liam fit une révérence maladroite.

— Je suis Liam. C'est un honneur de vous rencontrer enfin.

Elle inclina la tête, puis lui adressa un sourire entendu.

— Et qui es-tu pour moi, Liam ?

Il s'éclaircit la gorge, jeta un regard à Charlotte, puis dit :

— Je suis votre futur gendre.

Charlotte rit et tendit sa main à sa mère pour lui montrer la bague.

Raven secoua la tête, ses lèvres s'incurvant comme si tout cela l'étonnait et la ravissait à la fois.

— Je m'absente trois semaines, Charlotte, et non seulement tu combles toutes les attentes du royaume, mais en plus, tu organises une grande fête et tu trouves ton compagnon. Si je n'ai pas été assez claire, tu m'impressionnes.

Gabriel s'approcha derrière elle, posa une main sur l'épaule de la reine.

— Je suis d'accord. Mais ne brûlons pas les étapes. Il y a encore un mariage royal à préparer, et Liam doit être présenté au royaume. Pas forcément dans cet ordre d'ailleurs.

Liam enlaça la taille de Charlotte et la ramena contre lui.

— Je suis prêt.

— Tant mieux, parce qu'il y a beaucoup à faire pour ce royaume, dit Gabriel. Et tu viens de t'engager pour un rôle d'une importance capitale.

— Époux de votre fille ?

Gabriel esquissa un sourire en coin.

— Prince de Paragon.

Liam déglutit tandis que sa mère et son père se retournaient vers le sapin.

— C'est vrai ? Je vais être… ?

— Un prince ? Oui, j'en ai bien peur.

Il inspira profondément.

— D'accord. Je suis sûr que je peux apprendre.

— Tu t'en sortiras très bien.

— Alors, un mariage royal à Paragon, ça ressemble à quoi ?
demanda Liam.

Elle haussa les épaules.

— À peu près à un mariage humain, je crois, en plus grand, et
avec tout le royaume pour spectateur. Oh, et ils te couronneront
probablement pendant la cérémonie.

Il se mordilla la lèvre.

— Ça ne peut pas être plus difficile que d'échantillonner de la
glace au milieu de l'hiver au pôle Nord, sous le couvert de la
nuit.

— Ou de distribuer des cadeaux aux enfants du monde
entier, répondit-elle avec un demi-sourire.

Il haussa les épaules.

— Hé, tu m'as converti. Finalement, il y a peut-être plus à
dire sur la légende du père Noël.

— Ah oui ?

Il la serra plus fort contre lui.

— Moi, en tout cas, j'ai eu exactement ce que je voulais pour
Noël.

Elle posa ses lèvres sur les siennes.

— Moi aussi. Pour ce Noël et pour tous les Noëls… Toujours.

ÉPILOGUE

La plus grande partie de sa vie, Liam n'avait cru qu'en lui-même, et pas à grand-chose d'autre. Compter sur autrui ne lui avait pas réussi. Sa mère et son père avaient toujours fait passer leur travail avant ses besoins, et il n'avait jamais été très proche de Spencer ni de Kara, sur qui il ne pouvait de toute façon pas compter pour décrocher le téléphone. De la même manière, la prière ou la religion n'avaient guère eu beaucoup de place dans son existence. Quand, enfant, il avait supplié Dieu à genoux de lui donner une famille comme celles de ses copains – une mère qui lui ferait un câlin de temps en temps, ou un père qui construirait avec lui un bolide en bois et en carton, au lieu de confier la tâche à un domestique –, ses prières étaient restées sans réponse. La science, en revanche, il l'avait compris très tôt, était beaucoup plus fiable. L'eau bouillait toujours à 100 °C et gelait à 0 °C. Le soleil se levait chaque matin et se couchait chaque soir. Les êtres vivants naissaient, vieillissaient et mouraient. Fiable. Constante. Sûre. Le reste de sa vie n'était rien de tout cela.

Jusqu'à ce qu'il rencontre Charlotte, et que tout ce qu'il croyait savoir bascule.

Peut-être était-ce pour ça que, maintenant qu'il se tenait devant elle – devant sa femme – au centre de la grande salle du palais Obsidienne, il en tremblait jusque dans son âme. L'amour était tout sauf scientifique. L'amour était imprévisible. L'amour était magique. L'amour était une blonde aux yeux bleus et aux ailes d'ange qui, pour une raison insensée, l'avait choisi. Lui ! Il se jugeait si indigne d'elle. Mortel. Ignorant des coutumes de son monde. Physiquement plus faible. Dépourvu de magie. Et pourtant, elle l'aimait.

Non. Ce n'était pas tout à fait vrai. Il savait pourquoi elle l'aimait, tout comme il savait pourquoi il l'aimait. Ils se comprenaient – profondément, intimement – et il la connaissait comme personne. Il pouvait la faire rire d'un simple clin d'œil.

— Liam ? Liam ?

Il cligna des yeux, revenant brusquement à la réalité en croisant le regard de Gabriel, son beau-père, le roi. Merde. Qu'avait-il manqué, perdu dans sa dérive d'introspection ? Le dragon tenait une couronne sertie d'émeraudes, une version plus petite de la sienne et semblable à celle que portait Charlotte. Bordel, ils avaient dû passer de la cérémonie de mariage à la partie du couronnement. Liam se mit à tourner l'anneau d'or à son doigt.

— Oui, dit-il avec hésitation, sans la moindre idée de ce à quoi il venait d'acquiescer.

Il n'avait pas entendu un mot de ce que son nouveau beau-père avait prononcé. Gabriel arqua un sourcil, la bouche tressaillant.

— Prêt ? souffla-t-il à voix basse.

Liam hocha légèrement la tête.

— Acceptes-tu la responsabilité du royaume de Paragon ? demanda le roi à haute voix.

— Oui, répondit-il d'un ton assuré.

— Et accepteras-tu d'agir en tant que prince ? Et de servir ses citoyens aussi longtemps qu'ils auront besoin de toi ?

— Oui.

— Même si cela signifie sacrifier ta vie pour le bien du royaume ?

Liam se tourna vers Charlotte, trouva du réconfort dans son sourire et dans celui des citoyens rassemblés derrière elle.

— Oui.

C'était simple. Plus simple que de respirer. Chaque parcelle de sa chair, chaque globule de son sang, chaque battement de son cœur savait avec certitude qu'il était exactement là où il devait être. Pour la première fois de sa vie, il était à sa place.

— Alors moi, Gabriel, roi de Paragon, te couronne prince de Paragon.

Gabriel posa la couronne sur sa tête. Les applaudissements éclatèrent dans la salle circulaire et Charlotte s'élança vers lui, lui prit les mains et l'embrassa avec force. Il s'était demandé quand viendrait ce moment. Le mariage en lui-même avait été bien différent de la version humaine. Pour commencer, ici, les mariées ne portaient pas de blanc. La robe bustier de Charlotte était d'un bleu royal éclatant, avec des pierres incrustées dans la jupe ample et longue jusqu'au sol. Son costume à lui ressemblait plutôt à une tunique dans une teinte légèrement plus sombre, traversée en diagonale d'une écharpe dorée de style militaire. Ils avaient avancé ensemble jusqu'au centre de la salle et, après une cérémonie où ils avaient demandé à la déesse de la montagne la permission de s'unir, ils avaient été liés. Les anneaux, apprit-il, n'étaient pas indispensables, mais lui et Charlotte avaient choisi de respecter cette coutume humaine.

— Une dernière chose, murmura-t-elle contre ses lèvres.

— Ah bon ? Je ne me souviens pas qu'il y avait autre chose lors de la répétition.

— Nous devons faire une offrande à la déesse de la montagne, pour qu'elle bénisse notre union.

— Ah, oui.

Ils n'avaient pas répété cette partie parce que l'endroit où ils devaient aller était sacré, et il n'était autorisé à y poser le pied qu'après la cérémonie. Elle le guida hors de la grande salle sous les acclamations des invités. Sur une petite table près de la porte, un panier de vin et de douceurs les attendait. Liam insista pour le porter et passa son bras dans l'anse. Tous deux traversèrent la véranda jusqu'à une porte creusée dans la roche, invisible sans l'aide de Charlotte. Ils descendirent dans les entrailles de la montagne.

— Il fait une chaleur étouffante, dit-il en tirant sur son col.

— C'est normal. C'est ici que les femelles dragons royales viennent pondre leurs œufs. Pas moi ni ma mère, bien sûr, puisqu'elle est humaine, mais Harlow l'a fait. C'est un incubateur naturel.

Il essuya la sueur de son front.

— Je crois que mon cerveau est en train de couver.

— Oh, désolée.

De la neige commença à tomber autour de lui, et la température chuta brusquement.

— Merci.

— Voilà l'autel.

Charlotte indiqua d'un mouvement du menton une immense

mosaïque représentant une femme aux cheveux sombres vêtue d'une armure de lave en fusion.

Bon sang, c'était donc la déesse de la montagne, représentée en posture de combat. Ses muscles saillaient, et ses yeux brûlaient d'un feu sacré.

— Putain… Elle est… intense ! Pas étonnant que nous soyons en sécurité ici.

— Oui, c'est une protectrice redoutable. Aucun dieu ne viendrait la défier. En plus, Zeus lui a promis le pouvoir sur Ouros.

Charlotte déposa le panier d'offrandes sur la dalle de pierre, puis glissa sa main dans la sienne.

— Et maintenant ?

— Maintenant, nous prions en silence pour obtenir sa bénédiction.

Liam n'avait pas prié depuis des décennies, mais son cœur débordait de gratitude. Sa femme était saine et sauve, et il était amoureux. Il ferma les yeux et remercia Aitna pour l'abri de sa montagne, pour la femme à ses côtés et pour l'avenir qui les attendait.

— Liam, dit doucement Charlotte, les yeux toujours clos.

— Oui ?

— Veux-tu prendre ma dent ?

— Hein ?

— Je suis en partie dragon, et si ton corps assimile ma dent, cela te rendra immortel. Du moins, je le crois. Et si ça ne marchait pas, je suis sûre que mon père t'en fournirait une.

Il cligna des yeux.

— D'accord.

Elle ouvrit les siens, en riant doucement.

— Tu ne veux pas en savoir plus sur ce que ça implique ?

Il haussa les épaules.

— Franchement, Charlotte, j'ai appris qu'avec toi, il fallait juste suivre le mouvement.

Elle sourit et serra sa main.

Puis tous deux restèrent bouche bée devant le spectacle : le panier posé sur l'autel se mit à scintiller… et disparut.

DU HAUT DE SA MONTAGNE, AITNA S'ADOSSA À SON TRÔNE céleste et se gorgea des pensées et prières bienveillantes qui montaient vers elle. Le panier d'offrandes apparut à ses côtés, accompagné des exclamations de Charlotte et Liam qui la firent glousser. Qu'ils s'émerveillent. Elle n'était pas une déesse absente, et leur présent lui faisait plaisir.

— Oooh, du vin tribiscal, lança Circé en tirant la bouteille du panier.

Du bout de son auriculaire, elle fit sauter le bouchon. Une coupe en bois apparut dans sa main, elle y versa une bonne rasade avant de la tendre à sa cousine et de se servir à son tour.

— Merci, chère cousine.

Elle leva son verre.

— Tout le plaisir est pour moi. Je n'avais pas utilisé ces gobelets depuis l'époque byzantine.

— Dans ce cas, je vais tâcher de ne pas les enflammer.

Aitna tint le récipient loin du liquide de pierre en fusion qui constituait sa parure.

— N'aie crainte. Je les ai enchantés. Totalement ignifuges.

Aitna lui adressa un signe de tête reconnaissant et avala une longue gorgée. Délicieux.

— Encore un beau mariage, dit Circé avec un large sourire. J'avoue que celui-là m'a surprise. J'ignorais même que notre ange fréquentait quelqu'un. Et puis, toute cette histoire avec le livre étrange et son choix d'amener Liam ici...

— J'ai toujours su que la princesse Charlotte trouverait l'amour qu'elle mérite.

Aitna sirota son vin, ravie de voir les héritiers de Paragon s'éparpiller dans le jardin avec leurs enfants qui envahissaient l'espace. Sa famille de cœur avait été féconde au fil des ans et elle entrevoyait un avenir rempli de nouvelles naissances, pour Charlotte et Liam aussi.

Circé réarrangea sa robe autour de ses jambes.

— Tu as toujours dit que l'ange était ta préférée.

— Il est courant que les dieux aient des favoris. C'est mon droit.

Se raclant la gorge, Circé plissa les yeux.

— Curieux, tout de même, comme les choses se sont enchaînées si parfaitement. Et ce partenaire idéal... Quelles étaient les chances ?

Aitna esquissa un sourire.

— Tu m'accuses d'ingérence, cousine ?

Circé porta une main à sa poitrine.

— Moi ? Comment saurais-je si tu es intervenue ? Je n'ai pas quitté physiquement mon île depuis des millénaires.

Aitna fronça les sourcils, agitant la main entre elles.

— Bien sûr que non. De même, je suis liée à Ouros. Quels ennuis pourrais-je causer ?

Une lueur dorée jaillit à ses côtés, s'élargissant d'un point étincelant jusqu'à prendre la forme d'un homme aux sandales ailées. Hermès atterrit près d'Aitna, et ses yeux s'embrasèrent. Le dieu messager l'embrassa à pleine bouche. Une chaise apparut près d'Aitna et il y installa son corps doré.

— Je l'ai ratée ?

— La cérémonie, oui, répondit Aitna. Mais les mariés viennent à peine de rejoindre la famille dans le jardin. Les festivités ne font que commencer.

Circé agita la main et une autre coupe se matérialisa. Elle la remplit de vin et la tendit au dieu messager.

— Il y a du gâteau, dit Hermès. J'adore le gâteau.

Aitna claqua des doigts et une assiette de gâteau se matérialisa devant lui. Il attaqua sans attendre.

— Ploutos t'a causé des soucis ?

— Non. Il n'éprouvait aucun amour pour la famille Morris. Il a récupéré sa corne d'abondance, la matriarche a passé le voile de l'au-delà, et pour le reste de la famille et de leurs affaires, hélas, l'héritage de leur fortune a pris fin.

— Quelle tristesse, déplora Aitna avec un sourire crispé.

Elle fit un geste vers le jardin.

— Mais quelle chance pour notre Liam d'avoir rencontré Charlotte à temps.

Hermès lui adressa un large sourire.

— Presque un miracle.

Circé les observa par-dessus son verre.

— *Aitna !* As-tu fait intervenir Hermès pour orchestrer la rencontre de ces deux amoureux ?

La déesse haussa les épaules, son habit de flammes étincelant sous le mouvement.

— Parfois, une guidance céleste est nécessaire pour le bien commun.

Circé se redressa, choquée, la fixant d'un air accusateur.

— C'est grâce à *toi* que Charlotte a trouvé le livre et a cherché Liam ?

Aitna afficha un sourire espiègle.

— Peut-être.

— Mais… Hermès, tu veux dire que tu n'as parlé à personne de sa visite sur Terre ? Si c'est le cas, Charlotte ne court aucun danger en quittant Ouros ? Aucun autre dieu ne sait qu'elle existe ?

Hermès ricana derrière son verre.

— Je n'ai rien dit. La dernière chose que je souhaite, c'est la mettre en péril. Je l'aime bien, cette fille. Il y a du feu dans son âme.

Circé renifla.

— Je te cède ma couronne, Aitna. Tu es la reine des intrigues.

La déesse de la montagne inclina la tête.

— J'accepte cet honneur.

— Mais… mais le leur diras-tu ? Leur révéleras-tu que Charlotte et Liam n'ont rien à craindre ?

Aitna poussa un soupir.

— Je ne pense pas. Si Zeus apprenait un jour son existence, cela causerait des ennuis. Elle est plus en sécurité ici. Et puis, j'aime les avoir sous mes yeux, pour en profiter.

Circé se resservit et trinqua avec sa cousine, avant de s'adosser pour contempler les réjouissances en contrebas, se délectant de voir tous ses descendants réunis avec leurs proches.

— Là-dessus, au moins, nous sommes d'accord.

Merci d'avoir lu *L'Ange de Paragon*. Si vous avez apprécié ce livre, pensez à laisser un commentaire là où vous l'avez acheté. Pour être informé des prochaines parutions de Genevieve Jack, inscrivez-vous ici.

À PROPOS DE L'AUTEURE

Genevieve Jack, auteure de best-sellers au classement de *USA Today* et plusieurs fois primée, écrit des romances paranormales et de fantasy pleines d'action, d'esprit et de sensualité torride. Elle est convaincue qu'il y a de la magie dans chacun de nos souffles, et peut-être même une créature surnaturelle dans la plupart des recoins obscurs, sous nos pieds. On peut l'invoquer avec du café, du vin et des livres, mais si, en plus, il y a des chiens et du chocolat, soyez certains qu'elle restera. Ses romans mettent en scène des héroïnes intrépides, des héros farouchement loyaux et des intrigues qui transforment les merveilles du quotidien en univers envoûtants.

Souhaitez-vous être informé(e) des nouvelles traductions françaises des livres de Geneviève Jack ? Inscrivez-vous ici.

facebook.com/AuthorGenevieveJack
instagram.com/authorgenevievejack
bookbub.com/authors/genevieve-jack
tiktok.com/@Genevievejackbooks

PLUS DE GENEVIÈVE JACK !

<u>Les dragons de Paragon</u>

Gabriel Blakemore

Tobias Winthrop

Rowan Valor

Alexander

Nathaniel Clarke

Xavier Campbell

Sylas

Colin

Marius

L'Ange de Paragon